पेंगुइन स्वदेश

मन द्वारा उपचार

योग, विपश्यना, रेकी, क्रियायोग, योगनिद्रा, हिप्नोटिज़्म, हिप्नोथेरिपी, साइकिक सर्जरी, आकेम मेडिटेशन तथा अन्य ध्यान पद्धतियों का प्रशिक्षण तथा मन की उपचारक शक्ति पर निरंतर कार्य करने वाले सीताराम गुप्ता कई उत्कृष्ट पुस्तकों के प्रतिभाशाली लेखक हैं। आपने टीवी प्रेज़ेंटेशन में डिप्लोमा किया है एवं देशभर की पत्र-पत्रिकाओं में आप लिखते रहते हैं। आपकी कई रचनाओं के विदेशी भाषाओं में भी अनुवाद हुए हैं।

मन द्वारा उपचार

सीताराम गुप्ता

पेंगुइन स्वदेश
पेंगुइन रैंडम हाउस इम्प्रिंट

पेंगुइन स्वदेश

यूएसए। कनाडा। यूके। आयरलैंड। ऑस्ट्रेलिया। सिंगापुर
न्यू ज़ीलैंड। भारत। दक्षिण अफ्रीका। चीन

पेंगुइन स्वदेश, पेंगुइन रैंडम हाउस ग्रुप ऑफ़ कम्पनीज़ का हिस्सा है,
जिसका पता global.penguinrandomhouse.com पर मिलेगा

पेंगुइन रैंडम हाउस इंडिया प्रा. लि.,
चौथी मंजिल, कैपिटल टावर -1, एम जी रोड,
गुड़गांव-122002, हरियाणा, भारत

पेंगुइन
रैंडम हाउस
इंडिया

प्रथम हिंदी संस्करण हिन्द पॉकिट बुक्स द्वारा 2007 में प्रकाशित
यह संस्करण पेंगुइन स्वदेश में पेंगुइन रैंडम हाउस द्वारा 2023 में प्रकाशित

10 9 8 7 6 5 4 3 2

इस पुस्तक में व्यक्त विचार लेखक के अपने हैं, जिनका यथासंभव तथ्यात्मक सत्यापन किया गया है, और इस संबंध में प्रकाशक एवं सहयोगी प्रकाशक किसी भी रूप में उत्तरदायी नहीं हैं।

ISBN 9789353490980

हिन्दी अनुवाद : राजेश्वर वशिष्ठ

मुद्रकः रेप्रो इंडिया लिमिटेड

www.penguin.co.in

MIX
Paper from responsible sources
FSC www.fsc.org FSC® C047271

This is a legitimate digitally printed version of the book and therefore might not have certain extra finishing on the cover.

पूर्व कथन

मन को इन्द्रियों का राजा कहा गया है। बिना मन के सहयोग के हमारी कोई भी इन्द्रिय अपना काम ठीक ढंग से नहीं कर सकती। शास्त्रों में मन को ही मनुष्यों के बन्धन और मोक्ष का कारण माना गया है: **मन एव मनुष्याणां कारणं बन्धमोक्षयोः।**

गीता में जब अर्जुन ने मन को वश में करने के सम्बन्ध में अपनी कठिनाई बताई कि **चंचल हि मनः कृष्ण प्रमाथि बलवद् दृढ़म (हे कृष्ण, यह मन बड़ा चंचल, क्षोभकारक, बलवान और दृढ़ है, इसलिए उसे वश में करना – मैं वायु को रोकने जैसा ही दुष्कर मानता हूं)**, तो कृष्ण ने भी माना कि **असंशय महाबाहो मनो दुर्निग्रहं चलम्**। (इसमें सन्देह नहीं कि मन चंचल और कठिनाई से वश में आनेवाला है), परन्तु उसे वश में करने का उपाय बताते हुए उन्होंने कहा कि **अभ्यासेन तु कौन्तेय वैराग्येण च गृह्यते (हे कुन्तीपुत्र, यह अभ्यास और वैराग्य से वश में किया जा सकता है)।**

इस प्रकार मन को वश में करके उसे इन्द्रियों के विषयों में आसक्त होने से रोकना उसका निषेधात्मक पक्ष है, किन्तु उसका दूसरा सृजनात्मक पक्ष भी है, जिसमें हम अपने इसी बलवान मन की शक्ति का स्वयं अपना उत्थान करने में भी सदुपयोग कर सकते हैं।

यह तो मानी हुई बात है कि हमारे मन में उठनेवाले विचारों का हमारे सारे व्यक्तित्व पर गहरा प्रभाव पड़ता है। उदाहरणस्वरूप ऊपर की मंज़िल पर आराम से सोते हुए भी यदि हम स्वप्न देखें कि हम नीचे गिर पड़े हैं, तो जागने और परीक्षण किए जाने पर हांफने लगना, नाड़ी और हृदय की गति तीव्र होना, घबराहट होना आदि हममें वैसे ही सारे लक्षण पाए जाएंगे, जैसे कि वास्तविक रूप से गिरने पर प्रकट होते।

अतः यदि मन के बुरे विचारों का हमारे शरीर और मस्तिष्क पर हानिकारक प्रभाव पड़ता है, तो मन में अच्छे और सकारात्मक विचारों को लाना निस्सन्देह हमारे लिए स्वास्थ्यप्रद और लाभकर होगा ही। इसी सिद्धान्त के आधार पर हम मन द्वारा उपचार की कला का अपने शारीरिक और मानसिक स्वास्थ्य के लिए, भावनात्मक सन्तुलन के लिए, आध्यात्मिक उन्नति के लिए, व्यक्तित्व विकास तथा आर्थिक समृद्धि के लिए, सामाजिक व्याधियों एवं बुराइयों के उपचार के लिए तथा जीवन में लक्ष्य प्राप्ति के लिए कारगर रूप से उपयोग कर सकते हैं।

मन द्वारा उपचार की इसी कला का निरूपण श्री सीताराम गुप्ता ने देश-विदेश के अनेक विद्वानों के विचारों और उपचार की अनेक आधुनिक पद्धतियों का अध्ययन और विश्लेषण करके जनसामान्य के हितार्थ सुबोध और व्यावहारिक रूप में अपनी इस पुस्तक में किया है।

आधुनिक जीवन में जहां एक ओर भौतिक सुख-सुविधाएं बढ़ती जा रही हैं और रहन-सहन का स्तर ऊंचा होता जा रहा है, वहीं जनसंख्या की वृद्धि और औद्योगीकरण के फलस्वरूप पर्यावरण का प्रदूषण बढ़ता जा रहा है, जिससे तरह-तरह की बीमारियां फैलती जा रही हैं और स्वस्थ रहना उत्तरोतर कठिन होता जा रहा है।

अतः मन द्वारा उपचार की इस कला को अपनाकर यदि हम अपनी रोग-प्रतिरोधक जीवनी-शक्ति को मज़बूत बना सकें, तो हम रोगों से बचकर

स्वस्थ और दीर्घ जीवन का आनन्द उठा सकते हैं और यदि रोग हो भी जाए, तो मन द्वारा ही उपचार करके बिना अधिक दवाओं का प्रयोग किए, जो ख़र्चीली होने के साथ कभी-कभी रोग से भी ज़्यादा हानिकारक होती हैं, उससे छुटकारा पा सकते हैं।

– डॉ. कर्ण सिंह
संसद सदस्य
(राज्य सभा)

अपनी बात

'**मन** द्वारा उपचार' मूलतः नवम्बर 1999 में एक राष्ट्रीय स्तर के सम्मेलन में प्रस्तुत करने के लिए एक 'टेक्नीकल पेपर' के रूप में लिखा गया था, जो लोगों को बहुत पसन्द आया। मित्रों एवे परिचितों ने इसकी सैकड़ों प्रतियां तैयार करवाकर आत्म-विकास और व्यक्तित्व विकास में रुचि रखनेवाले अपने मित्रों एवं सहयोगियों को वितरित कीं।

अनेक व्यक्तियों से बातचीत तथा उनके पत्रों द्वारा मुझे अहसास हुआ कि आलेख वास्तव में उपयोगी है। अतः मैं निरन्तर इस विषय पर कार्य करता रहा, ताकि एक उपयोगी पुस्तक तैयार कर साधकों के लिए प्रस्तुत कर सकूं।

इसी लक्ष्य की प्राप्ति के लिए मैंने मन द्वारा उपचार की विभिन्न विधियों, जैसे रेकी, विपश्यना, हिप्नोटिज़्म, हिप्नो-थैरेपी, साइकिक सर्जरी, क्रिस्टल हीलिंग, लामाफेरा, पेंडुलम डाउजिंग, आकेम मेडिटेशन, क्रिया योग आदि का योग्य गुरुओं से प्रशिक्षण प्राप्त कर पर्याप्त साधना की तथा विभिन्न प्रकार के तुलनात्मक अध्ययन द्वारा उपचार के मूल तत्त्वों को खोज कर इस पुस्तक में समाविष्ट करने का प्रयास किया।

इस पुस्तक में अनेक साधकों, दार्शनिकों, विद्वानों, चिन्तकों, सन्त-महात्माओं, मनोचिकित्सकों, उपचारकों तथा विभिन्न ग्रन्थों से लिए गए विचार भी समाहित हैं। सहस्रों वर्षों में जो हुआ है तथा जो लिखा गया है, सब उसी का नवसृजन ही तो है, नए-नए रूपों और आवरणों में, लेकिन यह देश-काल की आवश्यकता के अनुसार है।

साधना आत्मोन्नति तथा व्यक्तित्व विकास का साधन है, जो आपकी भौतिक उन्नति में भी सहायक हो सकता है, लेकिन सिर्फ़ भौतिक उन्नति के लिए साधना किस काम की! जीवन में सन्तुलन तथा सहजता बनाए रखना ज़रूरी है।

यदि मैं कहूं कि इस पुस्तक को तैयार करने के लिए इस विषय से सम्बन्धित सभी महत्त्वपूर्ण पुस्तकों की सहायता ली गई है, तो अत्युक्ति न होगी। मैंने पुस्तक में सही स्थान पर उनका ज़िक्र भी किया है, लेकिन सम्भव है कि कहीं पर कोई सन्दर्भ छूट गया हो। मैं सभी ज्ञात तथा अज्ञात महानुभावों के प्रति कृतज्ञता प्रकट करता हूं तथा साथ ही निवेदन करता हूं कि वे सदैव मेरा मार्गदर्शन करने की कृपा करते रहें।

मैं उन सभी मित्रों और पूर्व पाठकों का आभारी हूं, जिन्होंने किसी भी रूप में मुझे पुस्तक लिखने के लिए प्रोत्साहित किया। यदि मेरा छोटा भाई प्रेमनारायण मेरे कार्यों को पूर्ण करने में सहयोग नहीं करता, तो मेरे लिए यह सब सम्भव ही नहीं हो पाता। मेरी पुत्री ऐना ने न केवल अच्छे शे'रों का चुनाव करने में मेरी मदद की, अपितु पुस्तक की पांडुलिपि तैयार करने के लिए भी ज़रूरी तकनीकी जानकारी दी।

मेरी पत्नी आशा ने अपनी व्यस्तताओं के बावजूद मेरी हर सुविधा तथा व्यवस्था का जो ध्यान रखा है, उसके लिए क्या सिर्फ़ आभार व्यक्त करके मैं मुक्त हो पाऊंगा?

इस श्रृंखला की सबसे महत्त्वपूर्ण कड़ी के रूप में शेखर भाई का स्नेह और सहयोग ही तो है, जिन्होंने 'फ़ूल सर्कल' के माध्यम से मुझे और आपको एक सूत्र में पिरो दिया।

आपकी सम्मति और सुझाव की प्रतीक्षा में।

सीताराम गुप्ता

एक निवेदन

नए साधकों और पाठकों से निवेदन है कि पुस्तक को कई बार पढ़े। मेरा स्वयं का अनुभव रहा है कि मैंने जब भी इस पुस्तक को दोहराया है, कुछ नए तथ्य सामने आए हैं और पुराने अधिक स्पष्ट हो गए हैं।

आगे भी साधक और पाठक अपने अनुभवों को मुझे बताने की कृपा अवश्य करें तथा पुस्तक को आगे भी अधिकाधिक उपयोगी बनाने के लिए मार्गदर्शन करने का भी कष्ट करें।

इस कोशिश से हम सब अवश्य लाभ उठाएं, इसी कामना के साथ।

लेखक

क्रम

अपना उद्धार स्वयं करें

गीता के छठे अध्याय के पांचवें श्लोक में भगवान श्रीकृष्ण अर्जुन से कहते हैं:

> **उद्धरेदात्मनात्मानं नात्मानमवसादयेत्।**
> **आत्मैव ह्यात्मनो बंधुरात्मैव रिपुरात्मनः ॥**

> **मनुष्य को चाहिए कि वह अपना उद्धार करे; अपना पतन न करे, क्योंकि मनुष्य स्वयं ही अपना मित्र है और स्वयं ही अपना शत्रु है।**

सिर्फ़ मनुष्य में विचार की एक ऐसी शक्ति है, जिसको काम में लाने से वह अपना उद्धार कर सकता है। जब यह बात सिद्ध हो जाती है कि हम स्वयं ही अपने मित्र हैं तथा स्वयं ही अपने शत्रु, तो क्यों न हम स्वयं का मित्र, स्वयं का सहायक, स्वयं का उपचारक बनने की दिशा में आगे बढ़ें। हम स्वयं का शत्रु न बनें और यदि हैं, तो उस स्थिति में परिवर्तन करें और यह परिवर्तन सम्भव है विचार-शक्ति द्वारा।

हमारे हाड़-मांस व रक्त द्वारा बने भौतिक शरीर के साथ-साथ हमारे मानसिक शरीर की भी सत्ता होती है, जिसे 'मन' कहते हैं। 'मन' जिसे अंग्रेज़ी में माइंड (Mind) तथा उर्दू में 'ज़हन' कहते हैं, यह हमारे भौतिक शरीर को हमारे मस्तिष्क या ब्रेन (Brain) की सहायता से संचालित करता है। मन की

स्थिति हमें सुख या दुख प्रदान करती है। यही हमें रोगग्रस्त करके रोगी या रोग-मुक्त करके स्वस्थ बनाती है।

मन और शरीर एक-दूसरे के पूरक

कहा जाता है कि स्वस्थ शरीर में स्वस्थ मन का निवास होता है और उतना ही सच यह भी है कि स्वस्थ मन ही स्वस्थ शरीर का निर्माण करता है, स्वास्थ्य प्रदान करता है। सोचिए, हरे-भरे घने जंगल वर्षा को आकर्षित करते हैं या पर्याप्त वर्षा के कारण जंगल हरे-भरे और घने रहते हैं! जंगल और वर्षा एक-दूसरे के पूरक हैं। एक के अभाव में दूसरे की कल्पना भी नहीं की जा सकती। जिस प्रकार पेड़-पौधे तथा वनस्पतियां वर्षा को आकर्षित करती हैं, उसी प्रकार वनस्पति-विहीन भीषण रेगिस्तान में भी यदि लगातार काफ़ी वर्षा होनी शुरू हो जाए, तो वहां भी हरे-भरे जंगल और उनमें तरह-तरह के जीव-जन्तु सहज ही उत्पन्न होने लगेंगे।

ठीक इसी प्रकार यदि मन में स्वास्थ्य के प्रति सकारात्मक विचारों की वर्षा होगी, तो शरीर स्वस्थ तथा नीरोग बना रहेगा। बीमारियों के बारे में सोचते रहेंगे, तो रोग में जकड़े रहेंगे।

हमारे मन में सहज एक प्रश्न उठता है कि यदि मन ही मनुष्य को आरोग्य प्रदान कर सकता है, स्वस्थ रख सकता है, तो फिर चिकित्सकों की क्या ज़रूरत है? प्रश्न उचित ही है, लेकिन क्या आपने सोचा है कि चिकित्सक या चिकित्सा-पद्धति का चुनाव भी हम स्वयं ही करते हैं। यदि कोई मजबूरी या संकट की स्थिति न हो, तो हम अपनी पसन्द की चिकित्सा-पद्धति द्वारा ही उपचार करवाना पसन्द करते हैं।

किसी का एलोपैथी में विश्वास है, तो किसी का होमियोपैथी में; किसी को यूनानी दवाएं फ़ायदा पहुंचाती हैं, तो किसी को आयुर्वेदिक। कोई स्पर्श-चिकित्सा का सहारा लेता है, तो कोई मन्त्र-चिकित्सा का। किसी को झाड़-

फूंक द्वारा रोगों से मुक्ति मिलती है, तो किसी को मन्दिर-मस्जिद में पूजा-इबादत या दरगाह की ज़ियारत से शिफ़ा हासिल होती है।

यदि पूछा जाए कि आप अमुक चिकित्सा-पद्धति से ही क्यों उपचार करवाते हैं, तो कहेंगे, "अपने मन की बात है; मेरा विश्वास इसी में है।"

मन और विश्वास दोनों महत्त्वपूर्ण हैं। घर में एक व्यक्ति एलोपैथी में विश्वास करता है तो दूसरा आयुर्वेद में। अपने-अपने मन की बात है, कहीं पर सभी लोग विश्वास तो एक ही पद्धति में रखते हैं, लेकिन घर का एक सदस्य जाता है डॉ. शर्मा के पास, तो दूसरा डॉ. चोपड़ा के पास। मजबूरी में यदि डॉ. शर्मा के बजाय डॉ. चोपड़ा से दवा ले ली जाए, तो आराम ही नहीं होता। वही दवा डॉ. शर्मा द्वारा दी जाए, तो असरदार, लेकिन यदि डॉ. चोपड़ा द्वारा दी जाए, तो बेअसर।

कुछ ज़्यादा पढ़-लिख गए तो स्वास्थ्य के प्रति भी कुछ ज़्यादा ही जागरूक हो गए। कभी कैल्सियम की गोलियां तो कभी आयरन की गोलियां, कभी विटामिन बी-6 तो कभी बी कॉम्प्लैक्स। कभी एंटेसिड तो कभी एंटीपायरेटिक। कभी लैक्सेटिव तो कभी कार्मिनेटिव। दवाओं से ही स्वास्थ्य-रक्षा सम्भव है। – यह बात मन में कूट-कूटकर भर ली है।

किताबों और पत्र-पत्रिकाओं में विभिन्न रोगों के लक्षण पढ़-पढ़कर उनसे अपने शरीर की तुलना कर-करके न जाने कितनी बीमारियां, कितने रोग हमने अपने शरीर में खोज निकाले हैं, जो अब जाने का नाम ही नहीं लेते और हम हैं कि स्वास्थ्य और रोगों के मूल कारण को समझने की कोशिश ही नहीं करते।

हमारा अनुभव हमें सिखाता है कि बीमारी की स्थिति में दवा लेने से रोग-मुक्ति सम्भव है। वास्तव में इस स्थिति के लिए हमारे मन में धारणा बन चुकी है। बीमारी की स्थिति में जब भी हम अपने मन के अनुरूप या मनमाफ़िक चिकित्सा-पद्धति में अपने पसन्दीदा चिकित्सक से दवा लेते हैं,

तो हमें फ़ौरन विश्वास हो जाता है कि हम ठीक हो रहे हैं। दवाओं की जो रासायनिक प्रतिक्रिया शरीर में होती है, उसके साथ ही हमारा विश्वास हमें रोग-मुक्त करने में ज़्यादा सहायक है।

यदि हमारे मन को विश्वास हो जाए या दिला दिया जाए कि हम आरोग्य के विषय में सोचने-मात्र से रोग-मुक्त हो जाएंगे, तो ज़रूर हो जाएंगे। इसी सन्दर्भ में उर्दू के मशहूर शायर इक़बाल का यह शे'र देखिए:

अपने मन में डूबकर पा जा सुराग़ो-ज़िन्दगी,
तू अगर मेरा नहीं बनता न बन अपना तो बन।

मन द्वारा उपचार क्या है?

पॉल टेलर कहते हैं कि डर से मुक्त होना ही उपचार है। डर क्या है तथा शरीर में डर का स्थान कहां है? डर वस्तुतः एक कल्पना-मात्र है, जो हमारे मन की उपज है; एक नकारात्मक विचार है। मन से डर का चिन्तन समाप्त हो जाना, नकारात्मक विचारों से मुक्त हो जाना ही उपचार है।

किसी ख़ास बीमारी के प्रति हमारे मन में समाया हुआ डर ही उस रोग को आमन्त्रित करता है। कभी-न-कभी किसी-न-किसी रूप में हमारे मन में उस रोग की चिन्ता या डरे के बीज चले जाते हैं, जो लगातार फलते-फूलते रहते हैं और अन्ततः हमें बीमार कर देते हैं। यदि हम उन बीजों को मन में जमने न दें या उग आने पर उन्हें जड़ से उखाड़ फेंके, तो उस बीमारी से हम हमेशा के लिए मुक्त हो गए समझो। रोग मन की पैदावार है, तन्दुरुस्ती भी मन की फसल है।

रोग हो या स्वास्थ्य; चिन्ता हो या प्रसन्नता – दोनों का कारण मन है। मन द्वारा ही रोग या चिन्ता की समाप्ति सम्भव है तथा मन द्वारा ही अच्छे स्वास्थ्य या प्रसन्नता की प्राप्ति सम्भव है। लेकिन मन को नियन्त्रित करनेवाला कौन है? आप स्वयं अपने मन को नियन्त्रित करनेवाले हैं। पहले अपने मन पर नियन्त्रण कीजिए। मन के चिन्तन को सही दिशा में ले जाइए। अच्छे स्वास्थ्य का चिन्तन कीजिए। अच्छी सेहत की कल्पना

कीजिए। स्वयं को स्वस्थ-सुन्दर तथा अनेकानेक सकारात्मक गुणों से भरपूर देखिए।

मन में रोग के डर के चिन्तन से मुक्त हो जाइए। जब तक डर से मुक्त नहीं होंगे, तब तक बात नहीं बनेगी। रोग के डर से मुक्त होना ही रोग-मुक्त होना है।

आरोग्य के लिए रोग के डर से मुक्ति; सम्पन्नता के लिए अभाव के डर से मुक्ति; जीवन को सम्पूर्णता से जीने के लिए मृत्यु के डर से मुक्ति; ज्ञान के लिए अज्ञानता के डर से मुक्ति; प्रकाश के लिए अन्धकार के डर से मुक्ति; प्रेम के लिए घृणा के डर से मुक्ति; विजय के लिए पराजय के डर से मुक्ति; पूर्णता के लिए अपूर्णता के डर से मुक्ति; विश्वास के लिए अविश्वास के डर से मुक्ति; सत्य के लिए असत्य के डर से मुक्ति – डर से मुक्त होना ही सर्वांगीण विकास का एकमात्र मार्ग है। डर से मुक्ति मन के नियन्त्रण तथा सही दिशा-निर्देश द्वारा ही सम्भव है।

जिसे पराजित होने का डर है, उसकी हार निश्चित है।

– नेपोलियन

आपके मन की स्थिति के कारण ही न जाने कितने रस्सी-रूपी सांप फुफकार रहे हैं, आपको भयभीत कर रहे हैं, आपका मार्ग रोक रहे हैं, आपको पीछे हटने पर विवश कर रहे हैं। आपकी चेतना का हरण कर और जड़ बना रहे हैं।

रज्जुसर्पवदात्मानं जीवोज्ञात्वा भयंवहेत।
नाहं जीवः परात्मेति ज्ञातश्चेन्निर्भयो भवेत् ॥

जब जीव भ्रमवश रस्सी को समझते सांप।
तब प्रतीत होता है उसको भय।

परन्तु जब उसे बोध हो मैं जीव नहीं
'हूं परमात्मा' तब हो जाता है वह निडर।

– आदि शंकराचार्य

जोज़फ़ मर्फ़ी अपनी पुस्तक 'द पावर ऑफ़ सबकॉन्सियस माइंड' में एक घटना का वर्णन इस प्रकार करते हैं:

एक कैंसर के रोगी को जब यह बताया गया कि उसकी रिपोर्ट तो किसी और कैंसर के रोगी की है, जो ग़लती से उसकी मान ली गई है, जबकि वह भला-चंगा है। तो वह व्यक्ति जो मृतप्राय बिस्तर पर पड़ा था, उठकर खड़ा हो गया और क्योंकि उसके मन ने मान लिया कि वह कैंसर का रोगी है ही नहीं तो कुछ ही दिनों में सामान्य उपचार और देखभाल के बाद वह व्यक्ति नीरोग होकर एक सामान्य व्यक्ति की तरह जीवन व्यतीत करने लगा।

इस प्रकार सकारात्मक विश्वास द्वारा दृढ़तापूर्वक मन को प्रभावित कर किसी बीमारी या किसी समस्या का उपचार करना ही 'मन द्वारा उपचार' कहलाता है और यही उपचार जब आत्मा द्वारा प्रवर्तित होता है, तो 'आध्यात्मिक उपचार' बन जाता है। मन की इसी शक्ति को उर्दू शायर 'बहज़ाद' लखनवी ने अपने एक शे'र में इस प्रकार व्यक्त किया है:

ऐ जज़्बा-ए-दिल गर तू चाहे हर चीज़ मुक़ाबिल आ जाए,
मंज़िल के लिए दो गाम चलें और सामने मंज़िल आ जाए।

कहा गया है कि एक डॉक्टर ज़ख़्म की मरहम-पट्टी करता है, लेकिन ईश्वर उसे ठीक करता है। क्या हमारा मन ही ईश्वर नहीं है, जो उपचार करता है, आराम पहुंचाता है? क्या हमारे मन की इच्छा ही ईश्वर की इच्छा नहीं है? ईश्वर क्या हमसे दूर हमसे भिन्न है?

बृहदारण्यकोपनिषद में कहा गया है:

'अहम् ब्रह्मास्मि' अर्थात मैं ही ईश्वर हूं।

शंकराचार्य का अद्वैत दर्शन भी कहता है,

'ब्रह्म सत्यं जगन्मिथ्या जीवो ब्रह्मैव नापरः' अर्थान ब्रह्म सत्य है जगत असत्य तथा जीव ब्रह्म से भिन्न नहीं है।

सूफ़ी मत में भी यही कहा गया है, 'अनलहक़' अर्थात 'मैं ही सत्य हूं, खुदा'। सूफ़ी मत का आधारभूत दर्शन 'इब्नुल अरबी' का वहदतुल वुजूद या तौहीद (एकेश्वरवाद) है। यह अद्वैत का ही फ़ारसी या सूफ़ी संस्करण है। मंसूर हल्लाज का कथन – 'अनलहक़', जिसके लिए उन्हें सूली पर चढ़ना पड़ा, भी 'अहम् ब्रह्मास्मि' का अरबी पर्याय है।

ईश्वर का एक गुण है कि वह बीमार नहीं होता। जब हम ईश्वर के ही अंश हैं, तो हमारे बीमार होने का प्रश्न ही नहीं उठता, लेकिन ज़रूरी है अपने ईश्वरत्व को साकार करना; अपने अन्दर के ईश्वरीय गुणों को पहचान कर उन्हें स्थापित करना; जो मन द्वारा ही सम्भव है।

मन द्वारा अपने अन्दर ईश्वरीय गुणों को स्थापित कर लेंगे, तो अवश्य ही हम स्थायी रूप से नीरोग हो सकेंगे। ईश्वरीय गुण उत्पन्न करने का अर्थ है: स्वयं को जानना अर्थात भ्रम की दशा की समाप्ति। आत्मबोध अर्थात सेल्फ़-रियेलाइज़ेशन। स्वयं को जानने के बाद कुछ भी जानना शेष नहीं रहता। स्वयं को जानना ही ईश्वर को जानना है।

अपने शरीर, मन और आत्मा या शरीर, मन और चेतना का एक हो जाना, अपनी चेतना से जुड़ना उसके बाद सर्वव्यापी चेतना से जुड़ना यही ईश्वरीय गुणों को स्थापित करना है। यही आध्यात्मिक उन्नति है, जो सब रोगों का उपचार है।

पं. श्रीराम शर्मा आचार्य के अनुसार, अध्यात्म जादूनगरी नहीं है और न कहीं आसमान से बरसनेवाला दान या वरदान ही है। देवी-देवताओं का भी यह धन्धा नहीं है कि चापलूसी करनेवालों को निहाल करते रहें और जो इनकी ओर ध्यान न दें, उन्हें उपेक्षित रखें या क्रोध का पात्र बनाएं। वस्तुतः देवत्व आत्मा के जागरण की एक स्थिति-विशेष है, जिसमें अपनी ही सोई हुई शक्ति को प्रयत्नपूर्वक काम में लिया जाता है और अपने प्रयासों का अधिक-से-अधिक लाभ उठाया जाता है।

रोगों का मनोदैहिक स्वरूप

बृहदारण्यकोपनिषद में लिखा है:

> **आप वह हैं, जो आपकी गहन इच्छा है,**
> **जैसी आपकी इच्छा है, वही आपकी आकांक्षा है;**
> **जैसी आपकी आकांक्षा है, वैसा आपका कर्म है,**
> **जैसा आपका कर्म है, वैसा आपका भाग्य है।**

बौद्ध ग्रन्थ 'धम्मपद' में भी कुछ इसी प्रकार कहा गया है:

> **हमारे जीवन की रचना हमारे मन द्वारा होती है। जैसा हम सोचते हैं, वैसे ही हम हो जाते हैं।**

'विक्रमोर्वशीय' में लिखा है:

> **'नास्त्यगतिर्मनोरथानाम' अर्थात मनोरथ या मन की इच्छा के लिए कुछ भी पहुंच से दूर नहीं है।**

कहने का मतलब यह है कि यदि हमारा मन स्वस्थ और विचार सकारात्मक होंगे, तो हमारा शरीर भी स्वस्थ और प्रसन्न होगा तथा इसके विपरीत बीमार मानसिकता व नकारात्मक दृष्टिकोण हमारे शरीर को

अस्वस्थ, आलसी और नीरस बना डालते हैं। हमारे मन का हमारे शरीर से गहरा सम्बन्ध है। स्वस्थ शरीर में ही स्वस्थ मन का निवास होता है, लेकिन मन में स्वस्थ शरीर की इच्छा के बिना हमारा शरीर स्वस्थ रह ही नहीं सकता।

यह हमारा मन ही है, जो हमें स्वास्थ्य, आरोग्य या बीमारी प्रदान करता है। सुख या दुख की अनुभूति भी हमें मन के द्वारा ही होती है। हमारे मन में उत्पन्न इच्छाओं और आकांक्षाओं द्वारा ही हमारे शरीर को आनन्द व प्रसन्नता प्रदान करनेवाली स्थितियों का निर्माण होता है तथा शरीर को रोगी बनानेवाले रोगाणुओं को नियन्त्रण भी कमज़ोर मन या इच्छा-शक्ति द्वारा ही दिया जाता है।

मन की शक्ति के बिना हम अपने शरीर को स्वस्थ नहीं बना सकते। मन के हारे हार है और मन के जीते जीत। जब हमारा मन चाहेगा, तभी हम नीरोग तथा स्वस्थ रह सकेंगे। इस प्रकार आरोग्य का हमारे मन से गहरा सम्बध है। हमारी सोच तथा हमारा चिन्तन हमारे शरीर तथा हमारे क्रियाकलापों पर गहरा प्रभाव डालते हैं, तभी प्रसिद्ध पाश्चात्य चिन्तक इमरसन कहते हैं:

मनुष्य वही तो है, जो उसकी सारे दिन की सोच है।

मारकस ऑरेलियस का कहना है कि मनुष्य का वर्तमान उसके विचारों का ही परिणाम है। हम जैसा सोचते थे, सोचते रहे हैं तथा सोचेंगे, वही सच्चाई बन चुकी है और बनेगी।

अमेरिका के येल विश्वविद्यालय के डॉ. बर्नी सीगल ने अपने रोगियों पर किए गए अध्ययन में पाया कि जब एक खंडित मन (Schizophrenic) महिला अपने-आपको डायबेटिक समझती, तो फ़ौरन उसका ब्लड-प्रेशर बढ़ जाता, नहीं तो सामान्य रहता।

'एनैटॉमी ऑफ़ एन इलनेस' के लेखक डॉ. नॉर्मन कजिन, जिन्हें हास्य चिकित्सा का जन्मदाता कहा जाता है, इसका एक ज्वलन्त उदाहरण हैं कि

इंसान एक लाइलाज बीमारी से अपने को कैसे ठीक कर सकता है। उनके बचने की आशा न के बराबर थी, लेकिन कजिन यह सिद्ध करना चाहते थे कि अगर मन की शक्ति जैसी कोई चीज़ है, तो वह इसे साबित कर दिखाएंगे।

उन्होंने सोचा कि अगर नकारात्मक या बुरे ख़याल शरीर को हानि पहुंचानेवाले रसायन उत्पन्न कर सकते हैं, तो इसका उलटा भी सच होना चाहिए। अच्छे विचार तथा भाव जैसे प्रसन्नता और हंसना शरीर में लाभदायक रसायनों को पैदा करेंगे।

डॉ. नॉर्मन कजिन अस्पताल छोड़कर होटल के एक कमरे में चले गए और वहां उन्होंने बहुत सारी हंसी-मज़ाक़ की फ़िल्में देखना शुरू कीं और इस तरह उन्होंने वास्तव में हंसते-हंसते ही ख़ुद को रोग-मुक्त कर लिया। बेशक दवाइयां ज़रूरी हैं, मगर रोगी में ठीक होने की और जीने की इच्छा-शक्ति भी उतनी ही ज़रूरी है।

क्योंकि मन द्वारा उत्पन्न स्थितियों, सोच तथा विश्वास का हमारे शरीर और स्वास्थ्य पर सीधा प्रभाव पड़ता है, इसलिए केवल दवाइयां और उन पर विश्वास ही नहीं, रोग-मुक्त होने का, स्वस्थ होने का विश्वास रोग से मुक्ति के लिए सबसे ज़्यादा ज़रूरी है।

एक रोगी की अजीब दास्तान

कैंसर से पीड़ित एक व्यक्ति की दशा बहुत ख़राब बनी हुई थी। उसने कैंसर की एक नई दवा क्रेबॉयोज़ेन के विषय में सुना और अपने डॉक्टर से आग्रह किया कि यह दवा उस पर भी आज़माकर देखे। दवा बहुत क़ीमती थी और आसानी से मिलती भी नहीं थी।

इसलिए डॉक्टर ने पहले तो इसके लिए मना किया, लेकिन रोगी के बार-बार अनुरोध करने पर सोचा कि अब इस मरते हुए व्यक्ति को एक इंजेक्शन दे भी दें, तो क्या हानि होगी?

डॉक्टर ने दवा की व्यवस्था की और रोगी को इंजेक्शन दे दिया। रोगी में आश्चर्यजनक रूप से सुधार हुआ। वह दो दिन में ही उठकर खड़ा हो गया और घूमने-फिरने लगा। उसके ट्यूमर चमत्कारिक रूप से पिचक गए और दस दिनों के अन्दर वह पूरा स्वस्थ होकर घर लौट आया।

कुछ महीनों बाद समाचार-पत्रों में क्रेबॉयोज़ेन की प्रभावहीनता की रिपोर्ट्स छपनी शुरू हो गईं और यह रोगी मरणासन्न होकर पुनः अस्पताल पहुंचा। इस बार डॉक्टर ने उसे क्रेबॉयोज़ेन की नई और सुधरी हुई फ़ॉर्म देने की पेशकश की, पर वास्तव में ख़ाली पानी के इंजेक्शन ही रोगी को लगाए, लेकिन रोगी के कैंसर के लक्षण जल्द ही समाप्त हो गए और वह एक बार फिर भला-चंगा होकर घर पहुंच गया।

आख़िरकार क्रेबॉयोज़ेन पर शोध का आख़िरी फ़ैसला प्रकाशित हुआ कि क्रेबॉयोज़ेन कैंसर पर पूरी तरह अप्रभावी है। यह रोगी पुनः अस्पताल पहुंच गया और इस बार उसे ज़्यादा देर तक दवाएं देते रहने की ज़रूरत नहीं पड़ी। आप समझ गए होंगे कि क्यों?

डॉक्टर ने अपनी रिपोर्ट में मृत्यु का कारण लिखा, "उसका विश्वास चला गया; उसकी आख़री आशा समाप्त हो गई।" इस केस से निम्नलिखित नतीजे निकलते हैं:

1. विश्वास के साथ दवा ली जाए, तो उसका प्रभाव अधिक-से-अधिक होगा।
2. विश्वास हो और दवा न भी हो तो भी लाभ पहुंचेगा। रोगी जिस चीज़ को भी दवा मानकर लेगा, वह दवा की भांति ही कारगर होगी।
3. रोग-मुक्ति के लिए विश्वास और आशा आवश्यक हैं। वैसे भी आशावादी और आस्तिक व्यक्ति अपेक्षाकृत कम बीमार पड़ते हैं और यदि कोई रोग हो भी जाए तो वे जल्दी स्वस्थ भी हो जाते हैं।

4. निराशा और अविश्वास आपको जीवन के हर क्षेत्र में ले डूबेंगे। जो व्यक्ति निराशावादी, अविश्वासी तथा नास्तिक होते हैं, वे अक्सर अनेक बीमारियों से ग्रस्त रहते हैं और रोग होने पर बहुत देर में स्वस्थ होते हैं या होते ही नहीं। पूरे जीवन घिसटते रहते हैं।

आपने टीवी धारावाहिक 'देश में निकला होगा चांद' देखा होगा। देव मलिक बिल्कुल स्वस्थ है, लेकिन अन्नू की चाल का शिकार हो जाता है। अन्नू अस्पताल के कर्मचारियों से मिलकर एक षड्यन्त्र द्वारा देव को यह आभास करा देती है कि उसे ब्रेन ट्यूमर है। देव की हालत वास्तव में ब्रेन ट्यूमर के मरीज की-सी हो जाती है। वह शारीरिक रूप से कमज़ोर दिखने लगता है तथा मानसिक रूप से भी दुखी लगने लगता है।

लेकिन जब अचानक उसे फिर चक्कर आने पर (षड्यन्त्र द्वारा) उसकी अस्पताल में जांच की जाती है, तो वह ठीक पाया जाता है। उसी क्षण देव के चेहरे की चमक देखने योग्य होती है। एकदम प्रसन्नचित्त तथा प्रफुल्लित। लेकिन उसी क्षण अन्नू फिर षड्यन्त्र करके देव को आभास दिला देती है कि उसे ब्रेन ट्यूमर है। पुनः देव की हालत एक गम्भीर रोगी की-सी हो जाती है। उसके चेहरे पर मुर्दनी छा जाती है।

कहने का मतलब यह है कि हम जो विश्वास रखते हैं या करते हैं या हमें जो विश्वास दिला दिया जाता है, वह बहुत मायने रखता है।

हम अपने इन्हीं असंख्य विश्वासों के कारण ही दुखी या सुखी हैं या रोगी या स्वस्थ हैं। हमारे स्वस्थ होने में या रोगी होने में या रोग की दशा में शीघ्र रोग-मुक्त होने में हमारा विश्वास बहुत महत्त्वपूर्ण स्थान रखता है। कई बार हम अपनी ग़लती से या दूसरों की ग़लती से रोगी बने रहते हैं।

रोग तो एक अनचाहे मेहमान की तरह है। इस रोग-रूपी अतिथि का जितना स्वागत करोगे; जितना अधिक उसे महत्त्व दोगे, उतना ही अधिक

वह आपके समय को तथा आपको बर्बाद करेगा।

इस रोग-रूपी अतिथि के घंटी बजाने पर दरवाज़ा ही मत खोलो अर्थात मन में यह स्वीकार ही मत करो कि तुम्हें कुछ हुआ है। जब आप मन में स्वीकार ही नहीं करेंगे, दरवाजा खोलेंगे ही नहीं, तो यह रोग-रूपी अनचाहा अतिथि भला कितने दिन आपके द्वार पर खड़ा घंटी का बटन दबाता रहेगा।

डॉ. एस. वियर मिटचेल कहते हैं, "शरीर नहीं, बल्कि हमारा मन बीमार होता है, इसलिए शरीर को नहीं, मन को ग़लत विचार, नकारात्मक विचार, कमज़ोर या रुग्ण विचार के संक्रमण से बचाना रोग से बचने या स्वस्थ रहने या होने का पहला क़दम है। उर्दू शायर अज़ीज़ एजाज़ का यह शे'र इसी बात को सही ठहराता है:

जैसा दर्द हो वैसा मंज़र होता है,
मौसम तो इंसान के अन्दर होता है।

मन द्वारा उपचार कैसे सम्भव है?

व्यक्ति का मानस (Psyche) एक बग़ीचे की तरह होता है, जिसे चाहे तो आप अपनी सूझ-बूझ से सजाएं-संवारें या उसे जंगली बन जाने दें। चाहे आप बग़ीचे को उपजाऊ बनाएं या उसमें घास-फूस उगने दें, मगर उसमें कुछ-न-कुछ तो उगेगा ही।

यदि आप बग़ीचे में अच्छी जाति के लाभदायक बीज या पौधों का रोपण नहीं करेंगे, तो बहुत से बिना उपयोग के पौधे एवं खरपतवार ख़ुद-ब-ख़ुद उग आएंगे और उनकी वृद्धि भी होती ही रहेगी।

> **चित्त में स्वस्थ सकारात्मक विचारों का जो बीजारोपण सप्रयास किया जाता है या अनचाहे नकारात्मक या बुरे विचारों का बीजारोपण हो जाने से रोका नहीं जाता है, तो वे विचार-रूपी बीज उसी प्रकार के पौधे उगाएंगे और उन पर उसी प्रकार के फूल-फल भी आएंगे और देर-सबेर आप उसी के अनुसार कुछ-न-कुछ क्रिया करेंगे। अच्छे विचार बीजों के अच्छे सकारात्मक व स्वास्थ्यप्रद तथा बुरे विचार बीजों के बुरे, नकारात्मक व घातक फल आपको वहन करने ही पड़ेंगे।**

उपरोक्त विचार व्यक्त किए हैं जेम्स एलेन ने अपनी पुस्तक 'एस ए मैन थिंकेन' में।

जोस सिल्वा अपनी पुस्तक 'यू द हीलर' में कहते हैं कि मन मस्तिष्क को चलाता है और मस्तिष्क शरीर को। और इस तरह शरीर आदेश का पालन करता है। मस्तिष्क उपचार के लिए एक इन्द्रिय है। यह शरीर को चलाता है।

उपचार की सारी प्रक्रिया में हमारे मन का अवचेतन भाग (Subconscious mind) सबसे महत्त्वपूर्ण भूमिका निभाता है। जब हमारे अवचेतन मन में कोई विचार, कोई ख़याल आता है या डाल दिया जाता है, तो हमारा अवचेतन मन उसे बिना किसी तर्क-वितर्क के स्वीकार कर लेता है और सीधे मस्तिष्क को आदेश दे डालता है। मस्तिष्क की कोशिकाएं जिन्हें न्यूरोन कहा जाता है, फ़ौरन इस दिशा में क्रियाशील हो जाती हैं और हमारे विचार को कार्य-रूप में बदल देती हैं।

वैसे भी हमारा स्वास्थ्य हमारे मस्तिष्क की कोशिकाओं की उच्च प्राथमिकता होता है। जैसे ही हम मन द्वारा मस्तिष्क की इन कोशिकाओं की उत्तम स्वास्थ्य या रोग-मुक्ति के लिए प्रोग्रामिंग करते हैं, ये तुरन्त क्रियाशील होकर अपने काम को पूरा करती हैं अर्थात हमें आरोग्य प्रदान करती हैं, हमारा उपचार करती हैं।

मायर्स कहते हैं कि अवचेतन मन केवल कूड़े-कचरे का ढेर नहीं है, बल्कि यह सोने की खान भी है।

> **रोग के कारण चित्त और आत्मा के अन्दर ही निवास करते प्रतीत होते हैं। अपने जीवन की स्थितियों में बदलाव लाने के लिए जीवन-दृष्टि में बदलाव लाने की आवश्यकता है, क्योंकि जैसा आप साचेंगे, वैसे ही आप बनते चले जाएंगे।**
>
> **यदि वास्तव में सभी कुछ (अध्यात्म विज्ञान के अनुरूप) चित्त से ही दिशा-निर्देशित होता है, तो हम अपने चित्त में जो दृष्टिपथ अंकित करेंगे, वही तो भौतिक स्तर पर प्रकट होगा। यदि हम**

अपने चित्त में प्रेम और आभार के विचार जगाएंगे, तो उसके अनुसार जीवन भी प्रेम और समृद्धि से भरपूर रहेगा।

पॉला हॉरेन (इम्पॉवरमेंट थ्रू रेकी)

मानव मन एक कम्प्यूटर की तरह काम करता है। इसमें जो डालोगे वही बाहर निकलेगा। अच्छे विचार मस्तिष्क को स्वास्थ्यप्रद हार्मोन के लिए प्रेरित करते हैं तथा बुरे विचार मस्तिष्क को बीमारी पैदा करनेवाले हार्मोन के लिए प्रेरित करते हैं।

विचार हम पर शासन करते हैं, लेकिन हम विचारों पर शासन कर सकते हैं। विचारों पर शासन करने का तरीक़ा है – विचारों का चुनाव करना। विचार समाप्त नहीं किए जा सकते, लेकिन अच्छे विचारों का चुनाव सम्भव है। बुरे विचारों से छुटकारा सम्भव है, लेकिन तभी जब अच्छे विचार, स्वस्थ सकारात्मक विचार भी हों।

इसलिए स्वस्थ-सकारात्मक विचारों से मन को भरे रखें। बुरे विचारों के लिए मन में स्थान ही नहीं बचेगा और वे प्रभावित ही नहीं कर सकेंगे। स्वस्थ सकारात्मक विचारों को प्रभावित करने दीजिए और उनका प्रभाव देखिए।

आज ही किसी एक सकारात्मक विचार को हावी होने दीजिए, उस विचार का कल्पना चित्र बनाइए और उसमें खो जाइए। बार-बार लगातार इसे दोहराते रहिए, लाभ होगा। एक तरीका आपके हाथ आ जाएगा।

अमेरिका के कैलिफ़ोर्निया विश्वविद्यालय के भाषाविद जॉन ग्रिंडर तथा कम्प्यूटर विशेषज्ञ रिचर्ड बैंडलर द्वारा विकसित न्यूरो लिंग्विस्टिक प्रोग्रामिंग (NLP) कहती है कि विश्वास के ऊपर ही निर्भर है सुख-दुख, सफलता-असफलता, शान्ति-क्रोध तथा क्रिया एवं कर्म का स्तर। विश्वास उपजता है मन में। मन की शक्ति द्वारा ही हम शिक्षा, खेल-कूद, संगीत-नृत्य,

उद्योग-व्यवसाय, व्यक्तित्व विकास तथा चिकित्सा एवं उपचार के क्षेत्र में असाधारण सफलता प्राप्त कर सकते हैं। इसी के द्वारा कैंसर तक के रोगी को ठीक किया जा सकता है या शरीर के टूटे हुए अंग का उपचार किया जा सकता है।

सकारात्मक सोच, सकारात्मक इच्छा, सकारात्मक विश्वास तथा सकारात्मक आकांक्षा – ये सभी तत्त्व हमारे अच्छे स्वास्थ्य के निर्माण के महत्त्वपूर्ण घटक हैं। जो व्यक्ति जीवन में इन तत्त्वों पर आधारित सकारात्मक नज़रिया अपनाता है, वह शायद ही बीमार होता हो। स्वस्थ होने का अनुभव सिर्फ़ स्वास्थ्य उत्पन्न करता है तथा सम्पन्नता का अनुभव सम्पन्नता। मेरे प्रिय मित्र आप क्या अनुभव कर रहे हैं? स्वस्थ या सम्पन्नता या दोनों?

अभाव और सम्पन्नता दोनों अनुभव हैं। अभाव का अनुभव ख़राब तथा सम्पन्नता का अनुभव अच्छा ही हो, यह ज़रूरी नहीं। हर अनुभव में आनन्द प्राप्त करने का प्रयास होना चाहिए। अनुभव अच्छा या बुरा नहीं होता, यह तो हमारी सोच का परिणाम-मात्र है। सोच बदलने से परिणाम बदल जाता है, जिसे आप हार या असफलता समझते हैं, वह जीत या सफलता में बदल जाती है। कठिन परिस्थितियों में जीवन-यापन, यात्रा या खानपान का अनुभव आप चाहें, तो कष्टप्रद हो सकता है और आपके चाहने पर ही रोमांचक तथा प्रेरणास्पद हो सकता है।

विशेषज्ञ कहते हैं कि जो सुखी हैं, सन्तुष्ट हैं या ऐसा अभिनय करते हैं, उनकी उम्र भी अधिक होती है।

जीवन एक नाटक ही तो है। वास्तविक जीवन में न जाने कितना अभिनय करना पड़ता है। कभी हम अमीर बनने का अभिनय करते हैं, तो कभी ग़रीब बनने का; कभी स्वस्थ दिखने का तो कभी रोगी होने का। छुट्टी लेने के लिए लोग अक्सर अपनी या परिवार के अन्य सदस्यों की बीमारी का

बहाना बनाते हैं और एक ऐसी कहानी गढ़ते हैं कि छुट्टी देनेवाला विवश हो जाता है, लेकिन जो कहानी गढ़ी गई; जो कल्पना की गई; जो भाव चेहरे पर पैदा किए गए; वे भाव सबसे पहले मन में उत्पन्न हुए।

जो कल्पना की गई वह भी मन में पैदा हुई, और जो विचार मन में उठे, वे वास्तविक जीवन में घटित भी ज़रूर होंगे।

इसलिए कहा गया है कि कभी भी झूठ मत बोलो। जीवन में अभिनय करो, लेकिन सकारात्मक अभिनय। बाहर के लोगों को प्रभावित करने के लिए नहीं, बल्कि मन को प्रभावित करने के लिए। अपने मन को समझाइए कि मैं सुखी और सन्तुष्ट हूं। अपने मन को प्रभावित कीजिए कि मैं पूरी तरह स्वस्थ हूं; मेरे हृदय में सबके लिए प्रेम है। यह अभिनय श्रेष्ठ अभिनय है।

यदि कोई रोग आ घेरता है, तो भी घबराइए मत; रोग का आना स्वाभाविक है, जाना भी निश्चित है। उपचार करते रहिए, लेकिन साथ ही मन को कमज़ोर नहीं होने दें। कहें कि मेरे अन्दर रोग से लड़ने की पूरी क्षमता है। मैं रोग को भगाकर ही दम लूंगा। तभी तो हिन्दी के प्रसिद्ध गीतकार रमानाथ अवस्थी कहते हैं:

कुछ कर गुज़रने के लिए मौसम नहीं, मन चाहिए

कैसे आकाश में सूराख़ नहीं हो सकता,
एक पत्थर तो तबीयत से उछालो यारो।

– दुष्यन्त कुमार

मन द्वारा उपचार की विभिन्न विधियां

मन की शक्ति द्वारा उपचार कोई नई बात नहीं है। हमारे बहुत से प्राचीन ग्रन्थों में इस दिशा में इस्तेमाल की गई कई विधियों तथा क्रियाओं का उल्लेख मिलता है। आयुर्वेदिक चिकित्सा के साथ-साथ तन्त्र-मन्त्र-यन्त्र का उल्लेख भी मिलता है।

योग, ध्यान, समाधि, कुंडलिनी जागरण, योगनिद्रा, संकल्पशक्ति विद्या, वशीकरण, मोहिनी या सम्मोहन विद्या, मन्त्र चिकित्सा, स्पर्श चिकित्सा, प्रार्थना, झाड़-फूक व पूजा-उपासना तथा न जाने और कितनी विधियों से हम अपना और दूसरों का उपचार करते आए हैं। कुछ समय बाद इनमें से बहुत-सी दूसरी विधियां लुप्त हो गईं या अपने मूल रूप से बदल गईं और उनका स्थान कई नई विधियों ने ले लिया। कई तिधियों को कुछ फेरबदल के साथ नए रूप में नए नाम से जाना जाने लगा। कुछ विधियों को आंशिक रूप में लेकर नए नामों से प्रचारित किया गया। इस प्रकार दो या दो से अधिक पद्धतियों के मेल के साथ नई-नई विधियां प्रचलित होती रहीं।

आज 'न्यू एज' के नाम पर उन्हीं प्राचीन विधियों को कुछ फेर-बदल के साथ नए-नए नामों तथा रूपों में पुनर्जीवित करने के प्रयास किए जा रहे हैं। जैसे – रेकी, जो रे, रेयुकाई, शिआत्सु, विपश्यना, प्रेक्षा-ध्यान, लामा फेरा,

जिन शिन ज्यूत्सु, ताइ ची चुआन, की गोंग, फालुनगोंग, जेन आर्चरी, जेम हीलिंग, क्रिस्टल हीलिंग, प्राणिक हीलिंग, साइकिक हीलिंग, स्पिरिच्युअल हीलिंग, फ़ेथ हीलिंग, सोल हीलिंग, पेंडुलम हीलिंग, चक्र हीलिंग, न्यास हीलिंग, मैग्नीफ़ाइड हीलिंग, क्वांटम हीलिंग, कंसर्ट हीलिंग, औरा हीलिंग, कर्मा हीलिंग, होलोग्राफ़िक हीलिंग, डिवाइन हीलिंग (क्रिश्चियन साइंस), सिद्ध साइंस, नियोयोगा, क्रिया योगा, एक्यूयोगा, प्राणायाम (योग का एक अंग-मात्र), कुंडलिनी योगा, न्यूरो लिंग्विस्टिक प्रोग्रामिंग, क्रेनियो-सैक्रल बैलेंसिंग, साइको न्यूरो इम्यूनोलॉजी, एक्सट्रा सेंसरी पर्सेप्शन, सिल्वा माइंड कंट्रोल, डेंसिटी लिक्वीडेटर, फ़ायर वाकिंग, रिग्रेशन थैरेपी (पास्ट लाइफ़ और प्रीवियस लाइफ़ रिग्रेशन), कॉस्मिक रिसोनांस थैरेपी, प्रॉस्पेरिटी थैरेपी, रीकंडीशनिंग थैरेपी, न्यूरोमस्क्यूलर इंटीग्रेटिव एक्शन, होलोग्राफ़िक रीपैटर्निंग, हिप्नोसिस, न्यूरिप्नोलॉजी, नेमिओमिनल हिप्नो-थैरेपी, ट्रासलिमिनल हिप्नो-थैरेपी, मैग्नेटो-थैरेपी, साइकिक सर्जरी, लाफ़्टर थैरेपी तथा अन्य।

साथ ही अनेक प्रकार की ध्यान-साधना या मेडिटेशन पद्धतियां भी आज इस दिशा में महत्त्वपूर्ण स्थान रखती हैं। महर्षि महेश योगी द्वारा चलाई गई ट्रांसेंडेंटल मेडिटेशन (चैतन्य ध्यान प्रणाली), माता निर्मला देवी का सहज समाधि मेडिटेशन, दलाई लामा का सेक्यूलर मेडिटेशन, तिक न्यात हन्ह का माइंडफुल मेडिटेशन, चोआ कोंक सूई का ट्विन हार्ट मेडिटेशन, ओशो का डायनामिक मेडिटेशन, राज योग मेडिटेशन, मेंटल क्लींज़िंग मेडिटेशन (कैथार्सिस) तथा अन्य ध्यान पद्धतियां, ब्रह्मकुमारीज़ का राज योग मेडिटेशन, आचार्य महाप्रज्ञ का कामोत्सर्ग मेडिटेशन (प्रेक्षा-ध्यान), सूफ़ी लाथिहान मेडिटेशन, तिब्बत का द्रजोग्चेन मेडिटेशन, नार्वे का आकेम मेडिटेशन, चीन का ताईची, ची कुंग व क्विगांग मेडिटेशन, अरबिक डेर्विश डांस तथा मर्कबा मेडिटेशन, हिप्नोमेडिटेशन, गोल्डन बॉल मेडिटेशन, चक्र क्लींज़िंग मेडिटेशन, डांस मेडिटेशन, नोस्टिक मेडिटेशन, मेल्चाइज़ेडेक मैथेड, कोर एम्पावरमेंट ट्रेनिंग, सुदर्शन क्रिया आदि अनेक विधियों से हम उपचार में मदद ले रहे हैं।

विभिन्न विधियों का परिचय

योग

'योग सूत्र' में महर्षि पतंजलि ने योग की परिभाषा 'योगः चित्तवृत्ति निरोधः' दी है। योग के आठ अंगों अर्थात यम, नियम, आसन, प्राणायाम, प्रत्याहार, धारणा, ध्यान व समाधि द्वारा अपने मन को वश में करके उसको मनचाही दिशा में लगाया जा सकता है।

योग सिर्फ़ कुछ आसनों का नाम या उनका अभ्यास नहीं है, बल्कि जीवन को सफल बनाने की, सर्वांगीण विकास की एक कला है। योग द्वारा मन के कार्यों का निरोध करके उनको मनचाही निश्चित दिशा में सक्रिय करके उपचार किया जा सकता है।

आज तो योग की भी न जाने कितनी शाखाएं विकसित हो गई हैं। योग के विभिन्न प्रकार या शैलियां इस प्रकार हैं:

- **क्रिया योग,**
- **हठ योग**
- **कुंडलिनी योग**
- **राज योग**
- **पतंजलि राज योग**
- **ओशो राज योग**
- **ब्रह्मकुमारीज़ राज योग**
- **सहज योग**
- **सिद्ध समाधि योग**
- **हंसा योग**
- **लय योग**
- **साई योग**
- **नियो योग**
- **एक्यू योग**
- **शब्द योग**
- **नाद योग**
- **ऋषिकल्चर योग**
- **वैदिक योग**
- **भक्ति योग**
- **ज्ञान योग**

- कर्म योग
- आध्यात्मिक योग
- तन्त्र योग
- मन्त्र योग
- ऐम्प्टीनेस योग
- वाग योग
- कला योग
- सुपर योग
- सहज स्थिति योग
- ईशा योग
- इंटीग्रल योग
- ओम स्वरूप सन्तुलन योग
- संकल्प योग
- मन्त्र योग
- सूर्य योग
- क्वांटम योग
- सत्य योग
- बिक्रम या हॉट योग
- प्रणव योग
- आर्टिस्टिक योग
- फ़्यूज़न योग
- स्पिरिच्युअल ह्यूमन योग

पतंजलि का अष्टांग योग अपने-आप में सम्पूर्ण उपचार पद्धति है। केवल कुछ आसनों को योग नहीं कहा जा सकता। क्रिया योग भी सम्पूर्ण उपचार पद्धति है। इनमें से किसी में भी यदि प्राणायाम तथा ध्यान पद्धतियों का अभाव है, तो वह सम्पूर्ण उपचार पद्धति में नहीं आ सकती॥

ध्यान यानी मेडिटेशन

• लॉफ़िंग मेडिटेशन • वाकिंग मेडिटेशन • वर्किंग मेडिटेशन • वीपिंग मेडिटेशन • डांसिंग मेडिटेशन • ब्रीदिंग मेडिटेशन • सिटिंग मेडिटेशन • मूविंग मेडिटेशन • डायनामिक मेडिटेशन माइंडफुल मेडिटेशन तथा और न जाने कितने तरह के मेडिटेशन हैं। वास्तव में जीवन का हर क्रिया-कलाप ही एक मेडिटेशन हो सकता है बशर्ते कि हम उस काम को सचेत होकर करें, उसमें डूब जाएं। स्व की सत्ता को विलीन कर काम-विशेष की सत्ता से एकाकार हो जाएं।

एक समय में केवल एक काम को करें, लेकिन करें पूरे मनोयोग से।

वर्तमान में उपस्थित होकर। खाते समय भोजन बन जाएं, पढ़ते समय पुस्तक बन जाएं, जो भी काम करें उससे पूरी तरह एकाग्रता स्थापित कर उसमें खो जाएं। लिख रहे हैं, तो शब्द बन जाएं, बोल रहे हैं तो आवाज़ बन जाएं, सुन रहे हैं तो सुनना बन जाएं। यही मेडिटेशनल वे ऑफ़ लाइफ़ है।

यदि जीवन में इसको अपना लें, तो फिर न तो कहीं जाने की आवश्यकता है और न पद्मासन लगाकर घंटों बैठकर साधना करने की आवश्यकता है। या तो जीवन में प्रत्येक काम को सचेत होकर करिए या फिर पहले मेडिटेशन की विधियां सीखिए और फिर प्रतिदिन अभ्यास कीजिए। ज़ेन क्या है? माइंडफ़ुल मेडिटेशन क्या है? सचेतनता ही तो है। चैतन्य है, प्रत्येक काम ध्यानपूर्वक, बहुत ध्यानपूर्वक, आनन्दित होकर करना। होश में रहकर करना। बेहोशी को, बदहवासी को जीवन में स्थान न दें और कहें कि मैं हर काम पूरी तरह होश में करता हूं।

रेकी

स्पर्श उपचार पद्धति के अन्तर्गत 'रेकी' एक महत्त्वपूर्ण उपचार पद्धति है। रेकी का जन्म बहुत पहले तिब्बत में हुआ था। बाद में जापान के डॉक्टर मिकाओ उसूई ने इसे फिर से स्थापित किया, पश्चिमी देशों में इसका ख़ूब प्रचार-प्रसार किया।

'रेकी' जापानी भाषा का शब्द है, जो 'रे' और 'की' दो शब्दों से मिलकर बना है। 'रे' का अर्थ है सर्वव्यापी तथा 'की' का अर्थ है 'जीवनी शक्ति' या 'प्राण'। इस प्रकार 'रेकी' वह ईश्वरीय ऊर्जा, दिव्य ऊर्जा या आध्यात्मिक ऊर्जा है, जो इस पूरे ब्रह्मांड में हमारे चारों ओर व्याप्त है, हम सब इसी जीवनी शक्ति को लेकर पैदा होते हैं और इसी के द्वारा जीवन जीते हैं।

समय के साथ-साथ अनेक कारणों से जब हमारे शरीर में इस ऊर्जा का प्रवाह कम हो जाता है या ऊर्जा का सन्तुलन बिगड़ जाता है, तभी हमारा

शरीर रोगों की ओर आकर्षित होता है। इस जीवनी शक्ति का सुचारु और सन्तुलित प्रवाह हम सभी को जीवित और स्वस्थ रखने के लिए आवश्यक है। रेकी उपचार या साधना में हम इस सर्वव्यापी जीवनी शक्ति का उपयोग अपने लाभार्थ करते हैं।

आज रेकी बहुत प्रसिद्ध उपचार-पद्धति के रूप में फल-फूल रही है, इसका कारण है, इसका कोई बुरा असर न होना, क्योंकि इसमें किसी हानिकारक तत्त्व या तकनीक का इस्तेमाल नहीं किया जाता।

हमारे चारों ओर ऊर्जा का अक्षय भंडार विद्यमान है। इस ऊर्जा को मोटे तौर पर दो भागों में बांट सकते हैं। एक वह ऊर्जा है, जिसकी व्याख्या की जा सकती है और जिसका वैज्ञानिक नियमों के अनुसार उपयोग किया जा सकता है अर्थात भौतिक ऊर्जा (Physical Energy)। दूसरी ऊर्जा वह है जो अभी तक विज्ञान के नियमों द्वारा बंधी नहीं है और न ही उसका उपयोग किन्हीं नियमों के आधार पर सम्भव है। यह है पराभौतिक ऊर्जा (Metaphysical Energy)। इसी पराभौतिक ऊर्जा का उपयोग हम अपने जीवन को बेहतर बनाने के लिए आध्यात्मिक साधना के जरिये करते हैं। इसी ब्रह्मामंडीय ऊर्जा का उपयोग कई अन्य उपचार पद्धतियों की तरह 'रेकी' में भी किया जाता है। योग की तरह रेकी की भी न जाने कितनी पद्धतियां या शैलियां विकसित हो गई हैं। डॉ. मिकाओ उसूई द्वारा स्थापित पारम्परिक रेकी या उसूई रेकी के अलावा कुछ प्रमुख नाम इस प्रकार हैं:

• करुणा रेकी • हालू रेकी • न्यू लाइफ़ रेकी • रेनबो रेकी • यौगिक रेकी • मेडिसिन धर्मा रेकी • ओशो रेकी • ओमनी रेकी • मेनला रेकी • स्पिरिच्युअल रेकी • न्यू एज रेकी • कल्याण रेकी • हरी रेकी • पेंटागन रेकी • हाइपर रेकी • हिप्रो रेकी • तेरामाई रेकी • पायरा रेकी • निओ इंडिपेंडेंट रेकी • सिद्ध रेकी।

रेकी की इन सभी शैलियों में ऊर्जा का सन्तुलन प्रमुख है। विभिन्न रेकी

मास्टरों ने इसमें अपने तरीक़े से परिवर्तन कर लिये हैं तथा नए-नए रेकी प्रतीक चिह्न जोड़ दिए हैं। हम अपनी-अपनी सुविधानुसार रेकी का अभ्यास कर सकते हैं, लेकिन रेकी के मूल स्वरूप में बहुत बदलाव करना भी उचित नहीं।

क्रिया योग

> **'क्रिया योग' एक सरल मनःकायिक (मन की सोच का काया यानी भौतिक शरीर पर प्रभाव) प्रणाली है, जिसके द्वारा मानव रक्त कार्बन से रहित तथा ऑक्सीजन से भरपूर हो जाता है। इस अतिरिक्त ऑक्सीजन के अणु जीवन प्रवाह में रूपान्तरित होकर मस्तिष्क और मेरुदंड के चक्रों को नई शक्ति से पुनः भर देते हैं।**
>
> **स्वामी योगानन्द, ऑटोबायोग्राफ़ी ऑफ़ ए योगी**

अशुद्ध और नीले रक्त-संचय को रोककर योगी तन्तुओं के अपक्षय को कम कर देने या रोक देने में समर्थ होता है। प्रगत योगी अपने कोशाणुओं को जीवन शक्ति में रूपान्तरित कर सकता है।

क्रिया योग को आधुनिक भारत में प्रचलित करने का श्रेय लाहिड़ी महाशय (योगी श्यामाचरण लाहिड़ी) को जाता है तथा उनके शिष्य युक्तेश्वर गिरि के शिष्य परमहंस योगानन्द (मूल नामः मुकुन्दलाल घोष) ने अमेरिका में सेल्फ़-रियलाइज़ेशन फ़ेलोशिप की स्थापना द्वारा पूरे पश्चिम में इसे फैलाया।

रेकी मास्टर मादाबूसी सुब्रमणियम, जो स्वयं महावतार बाबाजी, लाहिड़ी महाशय, तीनकौड़ी लाहिड़ी तथा सत्यचरण लाहिड़ी की परम्परा में सत्यचरण लाहिड़ी के शिष्य हैं, रेकी के साथ-साथ क्रिया योग की दीक्षा (Initiation) आम आदमी को सुलभ करा रहे हैं।

क्रिया योग में 'क्रिया हठ योग', 'क्रिया कुंडलिनी प्राणायाम' तथा 'क्रिया ध्यान योग' का महत्त्वपूर्ण स्थान है।

प्रार्थना चिकित्सा

अपने शत्रु को प्रेम करो, जो तुम्हें सताए उसके लिए प्रार्थना करो।

- ईसा मसीह

यह संसार जहां तक कल्पना कर सकता है, उससे अधिक वस्तुओं का निर्माण या प्राप्ति प्रार्थना द्वारा सम्भव है।

- टेनिसन

विश्वास के साथ की गई प्रभु-प्रार्थना से बीमार लोगों के रोग ठीक हो जाएंगे।

– बाइबिल

सकारात्मक विचार के प्रणेता डॉ. विसेंट पीले ने हज़ारों लोगों की वैवाहिक, व्यापारिक, मानसिक एवं शारीरिक समस्याएं केवल प्रार्थना से सुलझाईं।

श्रद्धालुओं के लिए एक अच्छा समाचार यह है कि प्रार्थना से उपचार सम्भव है। जर्नल ऑफ़ अमेरिकन मेडिकल रिसर्च में प्रकाशित एक वैज्ञानिक शोध के अनुसार प्रार्थना करने से विभिन्न प्रकार के रोगों से पीड़ित रोगियों को स्वास्थ्य लाभ करने में सहायता मिलती है और प्रार्थना एक पूरक चिकित्सा की भूमिका निभाती है। आज पश्चिम के देशों में बहुत-से अस्पतालों में ऐसे विशिष्ट स्थान उपलब्ध हैं, जहां रोगी के सम्बन्धी रोगी के शीघ्र स्वस्थ होने के लिए प्रार्थना कर सकते हैं।

दिल्ली के कई निजी अस्पतालों में मैंने भी मन्दिर तथा पुजारी तक देखे हैं। इन मन्दिरों के निर्माण का उद्देश्य चाहे अस्पताल की सम्पन्नता ही क्यों न हो, लेकिन हैं ये आस्था के प्रतीक के रूप में।

आपने फ़िल्मों में तथा वास्तविक जीवन में भी कई बार डॉक्टरों

को कहते सुना होगा, अब इनको दवा की नहीं दुआ अर्थात प्रार्थना की आवश्यकता है। और कई बार दुआ-रूपी दवा को कारगर होते भी आपने देखा होगा। एक शे'र देखिए:

किसी पर तेज़ दवाएं असर नहीं करतीं,
किसी का सिर्फ़ दुआओं से काम हो जाए।

मृतक की आत्मा की शान्ति के लिए जब हम प्रार्थना कर सकते हैं, तो रोगी व्यक्ति की रोग-मुक्ति के लिए क्यों नहीं? इसलिए जब भी किसी मित्र या सम्बन्धी की बीमारी का समाचार सुनें, सबसे पहले उसकी रोग-मुक्ति के लिए प्रार्थना करें। शान्त होकर बैठ जाएं। आंखें बन्द कर लें तथा रोगी व्यक्ति को अपने ध्यान में ले आएं और देखें कि वह पूर्ण रूप से स्वस्थ है। उसको पूरा स्वास्थ्य तथा उत्साह की स्थिति में देखें।

जब भी किसी परिचित या अपरिचित व्यक्ति को कष्ट में देखें, तत्काल उसके कष्ट निवारण के लिए प्रार्थना करें। प्रार्थना को जीवन का एक अहम तत्त्व बना लें। प्रार्थना न केवल जिसके लिए की गई है उसका कल्याण करेगी, बल्कि आपके अपने चित्त को विकार-रहित करेगी; आपको सम्पूर्ण आरोग्य प्रदान करेगी। रोग की सम्भावनाओं को जड़ से उखाड़ फेंकेगी।

अब आप एक काम कीजिए। इसी वक़्त। अपने चारों ओर नज़र दौड़ाइए। कहीं कोई रोगी या अन्य प्रकार के कष्ट में तो नहीं। कोई मित्र या कोई शत्रु (शत्रु वास्तव में कोई नहीं होता, यह हमारे मन की स्थिति है, जिसके कारण किसी को मित्र तथा किसी को शत्रु समझने लगते हैं) या कोई भी। उसके लिए सच्चे मन से प्रार्थना कीजिए। आर्थिक रूप से कमज़ोर किसी परिवार की सम्पन्नता के लिए प्रार्थना कीजिए।

हे प्रभु! मेरे मित्र (नाम) के परिवार को सुख सम्पन्नता और आरोग्य प्रदान कीजिए।

हे प्रभु! मेरे मित्र के पुत्र (नाम) को अध्ययन में सफलता प्रदान कीजिए।

जो भी आपसे कमतर स्थिति में है, उसी की बेहतरी के लिए प्रार्थना कीजिए। सबको अपने से बेहतर बनाने की प्रार्थना कीजिए।

हमारे जीवन की एक बहुत बड़ी विडम्बना यह है कि हम सबकी भलाई, सबकी सम्पन्नता चाहते हैं, लेकिन अपने से कम। जब भी किसी कार्यक्रम या पार्टी में जाएं, कार्यक्रम की सफलता के लिए प्रार्थना करें।

पैगिंग

पैगिंग एक प्रकार का ध्यान भी है। पैगिंग द्वारा हम विभिन्न वस्तुओं या घटनाओं को एक निश्चित क्रम में याद करके या मस्तिष्क में बिठाकर उसी क्रम में दोहरा सकते हैं।

जब पैगिंग का अभ्यास किया जाता है, तो वह सम्पूर्ण क्रिया एक बहुत अच्छी ध्यान पद्धति का लाभ हमें देती है। क्योंकि जब भी हम एकाग्रचित्त होकर मन में प्रत्यक्षीकरण (Visualisation) करते हैं, हमारे स्वास्थ्य में सकारात्मक परिवर्तन होने शुरू हो जाते हैं। इसलिए पैगिंग एक चिकित्सा-पद्धति भी है।

विपश्यना

आत्म-निरीक्षण की प्रक्रिया द्वारा वस्तुओं स्थितियों को उनके वास्तविक या सही रूप में देखने की योग्यता ही 'विपश्यना' है।

'विपश्यना' में सबसे पहले हम केवल श्वास के आने-जाने पर ध्यान केन्द्रित करने का अभ्यास करते हैं, जिसे 'आनापान' कहा गया है। 'आनापान' के अभ्यास के बाद 'विपश्यना' अर्थात स्वयं का मानसिक निरीक्षण करने की प्रक्रिया शुरू होती है। स्थूल से सूक्ष्म अन्तरावलोकन की प्रक्रिया है 'विपश्यना'।

यह भीतर एक अन्तर्दृष्टि का निर्माण होना है, जिसके द्वारा कोई स्वयं को पहचान सके और दुख के कारणों को दूर कर सके।

एस. एन. गोयनका

इसलिए यह भी मन द्वारा उपचार ही है।

विपश्यना की यह तकनीक हर चीज़ के प्रति सजगता को बढ़ाती है। वह महसूस कर पाता है कि वह चलते समय सिर्फ़ चल रहा होता है, खाते समय सिर्फ़ खा रहा होता है, बैठी हुई स्थिति में सिर्फ़ बैठा होता है, सांस को आते-जाते सिर्फ़ देख रहा होता है। यही सजगता हमारे जीवन का मार्गदर्शन करती है।

हास्य चिकित्सा

हास्य की उपचारक शक्ति

'एनैटॉमी ऑफ़ एन इलनेस' के लेखक डॉ. नॉर्मन कज़िन स्वयं एक जीती जागती मिसाल हैं कि व्यक्ति लाइलाज बीमारियों से अपने को कैसे ठीक कर सकता है। उनके बचने की आशा न के बराबर थी, लेकिन कज़िन यह सिद्ध करना चाहते थे कि अगर मन की शक्ति जैसी कोई चीज़ है, तो वे इसे साबित कर दिखाएंगे।

उन्होंने सोचा कि अगर नकारात्मक या बुरे विचार शरीर को हानि पहुंचानेवाले रसायन पैदा कर सकते हैं, तो इसका विपरीत भी सच होना चाहिए। अच्छे ख़याल, भाव जैसे खुशमिज़ाजी और हंसना शरीर को फ़ायदा पहुंचानेवाले रसायनों को पैदा करेंगे। वे अस्पताल छोड़कर होटल के एक कमरे में चले गए और वहां उन्होंने बहुत-सी हंसी-मज़ाक़ की फ़िल्में देखना शुरू कीं और इस तरह उन्होंने वास्तव में हंसते-हंसते ही स्वयं को ठीक कर लिया।

बेशक दवाइयों की भी ज़रूरत पड़ सकती है, मगर मरीज़ की ठीक होने की और जीने की इच्छा-शक्ति भी रोग-मुक्ति के लिए आवश्यक शर्त है। एक फ़नी बोन जीवन रक्षक भी हो सकती है और साथ ही जीवन की मुश्किलों का सामना करना तो सरल कर ही देती है।

हंसना एक मेडिटेशन पद्धति है।

जब आप हंसते हैं, तो उन क्षणों में आप गहन मेडिटेशन की स्थिति में होते हैं। एक ही समय पर हंसना और चिन्तन करना असम्भव है। यदि आप वास्तव में हंसते हैं, तो चिन्तन-प्रक्रिया फ़ौरन रुक जाती है। चिन्तन-प्रक्रिया का सहज होना या कुछ क्षण के लिए रुक जाना ही मेडिटेशन है। मेडिटेशन अर्थात शरीर में उपयोगी हार्मोन का उत्सर्जन, जो हमें आरोग्य प्रदान कर स्वस्थ बनाए रखने में सहायक है।

जब आप अच्छा महसूस करते हैं, तो आप मुस्कुराते हैं। लेकिन जब आप मुस्कुराते हैं, तो आप अच्छा महसूस करते हैं।

हंसने की तरह मुस्कुराना भी एक लाभदायक क्रिया है। जब आप ख़ुशीअनुभव करते हैं तो आप मुस्कुराते हैं, लेकिन जब आप मुस्कुराते हैं तो भी आप ख़ुशी अनुभव करते हैं, इसलिए जीवन में ऐसे अवसर खोजिए, जो आपको बार-बार मुस्कुराने पर विवश करें। प्रयास कीजिए कि बिना किसी बात के भी मुस्कुराएं। किसी को देखकर, बातचीत शुरू करने से पहले या फ़ोन की घंटी बजने पर फ़ोन उठाने से पहले ज़रूर मुस्कुराएं।

अपनी ग़लतियों पर, अपनी बेवक़ूफ़ियों पर मुस्कुराएं। अपनी नादानियों पर मुस्कुराएं। बीती हुई उन घटनाओं को मन में लाएं, जो मुस्कुराने के अवसर उपलब्ध कराएं। अब सोच क्या रहे हैं? पढ़ना छोड़िए और थोड़ा मुस्कुरा दीजिए। मुस्कुराना ही क्या ज़ोर-ज़ोर से कुछ देर ठहाके लगाइए।

रील थैरेपी

रील थैरेपी या चलचित्र-चिकित्सा से मतलब है रोगी को विभिन्न प्रकार की फ़िल्में दिखाकर उसकी चिकित्सा करना या उसे विशेष प्रकार की फ़िल्में देखने की सलाह देना। जिस प्रकार संगीत हमारे मन की दशा को बदलकर उपचार में सहायक होता है, उसी प्रकार विभिन्न प्रकार की बीमारी से छुटकारा पाने के लिए फ़िल्मों का सहारा लिया जा सकता है।

अवसाद, तनाव, अकेलेपन तथा अपराध-बोध आदि से मुक्ति पाने के लिए मनोचिकित्सक इस प्रकार की फ़िल्में देखने की सलाह देते हैं, जिनसे हम फ़िल्म से एकता स्थापित कर अपने-आपको हलका और मुक्त अनुभव कर सकते हैं।

हास्य फ़िल्में भी इस दिशा में महत्त्वपूर्ण हैं, क्योंकि हंसने के बाद मनुष्य प्रसन्नता का अनुभव करता है तथा प्रसन्नता स्वास्थ्य तथा आरोग्य प्रदान करती है। हास्य फ़िल्मों द्वारा उपचार हास्य चिकित्सा की श्रेणी में भी आता है। रील थैरेपी के लिए फ़िल्मों का चुनाव बहुत सावधानी से करना चाहिए, जिससे उपचार में मनचाही सफलता मिल सके।

प्रेक्षा ध्यान

प्रेक्षा ध्याान की रीति के सात क़दम:

1. यौगिक शारीरिक व्यायाम
2. यौगिक आसन
3. प्राणायाम
4. कायोत्सव
5. ध्यान

6. अनुप्रेक्षा

7. लेश्या ध्यान

नेमोमिनल हिप्रो थैरेपी

जिस प्रकार विभिन्न प्रकार के उपयोगी मन्त्रों के सही उच्चारण से उपचार में सहायता मिलती है, उसी प्रकार अपने स्वयं के नाम का बार-बार उच्चारण करने से भी उपचार में मदद मिलती है। अपना परिचय देते समय हम अक्सर अपने कुल नाम (Sir Name) या नाम के शुरू के अक्षरों सहित कुल नाम का इस्तेमाल करते हैं।

इस प्रकार के परिचय से एक-दूसरे के सम्बन्ध सिर्फ़ औपचारिक ही बनते हैं। इस प्रकार के लोग विभिन्न प्रकार की आन्तरिक मानसिक रुकावटों के शिकार होते हैं।

इसके विपरीत जो लोग आपस में एक-दूसरे को उनके पहले नामों से सम्बोधित करते हैं, अपेक्षाकृत तनाव-मुक्त तथा आन्तरिक रुकावटों से दूर होते हैं। व्यक्तित्व विकास की वर्कशाप आदि में प्रशिक्षणार्थियों को यहां तक कि प्रशिक्षक को भी नाम के पहले शब्द से सम्बोधित करने का उद्देश्य यही है। कि हमारी मानसिक रुकावटें दूर होकर हमारी स्वाभाविक रोगोपचारक शक्ति बढ़ सके।

यदि हम अपना पूरा नाम नहीं बोलते या लिखते हैं, तो इसका अर्थ यह है कि हमें अपना नाम स्वयं ही पसन्द नहीं है या हमारे अन्दर यह भावना घर कर गई है कि यह नाम लोगों को अच्छा नहीं लगेगा और नाम सुनकर लोग मज़ाक़ उड़ाएंगे। और यह सोच एक विकार, एक भीतरी रुकावट बनकर हमारे रोगों को दूर करने के स्वाभाविक गुण को समाप्त कर देती है।

न जाने कितने लोग हैं, जो अपना पहला नाम पुकारने पर पुकारनेवाले

को बदतमीज़ कहकर सम्बोधित करेंगे। यह हमारी बदक़िस्मती नहीं तो और क्या है? मैं अपना नाम एस.आर. गुप्ता नहीं, बल्कि सीताराम या सीताराम गुप्ता ही लिखता और बताता हूं। यही सुनना भी अच्छा लगता है। आप भी अपने पूरे नाम का या नाम के पहले शब्द का मज़े में इस्तेमाल कर रोगों को दूर करने की शक्ति का विकास करें।

भाई या तो अपना नाम बदल डालिए और अपनी पसन्द का कोई सुन्दर-सा नाम रख लीजिए (जो कि मुश्किल ही नहीं असम्भव-सा है) अन्यथा आपका जो नाम है, उसे पसन्द करना शुरू कर दीजिए। मन्त्रोच्चारण की तरह अपने नाम का ही जाप शुरू कर दीजिए।

विभिन्न पद्धतियों में समान तत्त्व

अभी आपने उपचार की कुछ प्रमुख पद्धतियों के विषय में संक्षिप्त जानकारी ली। इन सब पद्धतियों के अलावा आपने अनेक अन्य पद्धतियों के बारे में सुना होगा तथा कुछ का अभ्यास भी ज़रूर किया होगा। आपने अनुभव किया होगा कि उपचार की चाहे जो पद्धतियां हों, उन सबमें कुछ समान घटक; समान तत्त्व उपलब्ध हैं। इन सबमें पहला तत्त्व है साधक अर्थात व्यक्ति।

अब प्रश्न उठता है कि साधक या व्यक्ति कौन है? क्या यह हाड़-मांस का बना पुतला साधक है? अर्थात यह शरीर साधक है? कहा गया है, **'शरीरमाद्यं खलु धर्मसाधनम्'**। यदि शरीर ही नहीं होगा, तो साधना किसकी? साधना में मानव शरीर बहुत महत्त्वपूर्ण है। शरीर नहीं तो साधना क्यों और कैसे?

यदि हम कहें कि शरीर द्वारा शरीर के लिए शरीर की साधना ही यह प्रक्रिया है, तो अतिशयोक्ति न होगी। यहां शरीर साधन भी है और साध्य भी है। शरीर का आगे विश्लेषण करें, तो इस शरीर को भी कई भागों में; कई परतों में; कई कोशों में विभाजित किया जा सकता है। अलग-अलग कार्यों के आधार पर मनुष्य शरीर का एक बहुत सुना गया तथा बहुत प्रचलित विभाजन 'पंचकोश' के रूप में किया गया है, जो निम्न प्रकार से है:

पंचकोश

1. अन्नमय कोश (Anatomical Body)
2. प्राणमय कोश (Physiological Body)
3. मनोमय कोश (Mental Body)
4. विज्ञानमय कोश (Intellectual Body)
5. चित्तमय कोश (आनन्दमय कोश) (Conscious Body)

यदि इन्हीं पांच कोशों को संक्षिप्त कर दें, तो तीन प्रकार के शरीर हमें दिखाई पड़ते हैं:

1. भौतिक शरीर
2. मानसिक शरीर या मन और उसकी सत्ता
3. आध्यात्मिक शरीर अर्थात आत्मा या चेतना

इनको स्थूल, सूक्ष्म और कारण शरीर में भी बांटा जा सकता है। स्थूल शरीर जो दिखाई पड़ रहा है; सूक्ष्म शरीर अर्थात चेतना जो अदृश्य है और कारण शरीर 'मन' है जो हर परिवर्तन के लिए जिम्मेदार है।

प्रकृति के गुणों के अनुसार शरीर की स्थिति

प्रकृति के तीन गुण बतलाए गए हैं: तामसिक, सात्त्विक और राजसिक।

स्थूल शरीर (Physical Body) की प्रकृति तामसिक है; सूक्ष्म शरीर (Spiritual Body or Consciousness) की प्रकृति सात्त्विक है तथा कारण शरीर या मन (Mental Body or Mind) की प्रकृति राजसिक है।

अब देखना यह है कि शरीर के विभिन्न कोशों या परतों के बीच क्या सम्बन्ध है और यह कैसे भिन्न या अभिन्न होते हैं। शरीर, मन और आत्मा

या कह लीजिए शरीर, मन और चेतना का परस्पर क्या सम्बन्ध है? यदि भौतिक शरीर तामसिक वृत्ति से उत्पन्न है तो सात्त्विक वृत्ति तक पहुंचने के लिए आध्यात्मिक शरीर से कैसे जुड़ाव हो? शरीर, मन और आत्मा के मध्य परस्पर सम्बन्ध कैसे सम्भव है? आइए इस पर विचार करें:

* शरीर और मन के बीच सेतु है: श्वास

* मन और आत्मा या चेतना के बीच सेतु है: ध्यान एवं एकाग्रता

पीछे वर्णित विभिन्न उपचार पद्धतियों में हम पाते हैं कि हम जिस शरीर के उपचार की बात कर रहे हैं, वह है हमारा भौतिक शरीर और जिसके द्वारा हम उपचार कर रहे हैं, वह है मानसिक शरीर या 'मन' और जिसके लिए इस भौतिक शरीर का उपचार किया जाता है, वह है हमारा वास्तविक स्वरूप; आनन्दमय स्वरूप; हमारी चेतना या आत्मा। भौतिक शरीर यदि हमारा बाहरी आवरण है, तो हमारी आत्मा या चेतना अन्तरतम बिन्दु।

शरीर, मन और आत्मा या चेतना

हमारे शरीर, मन और आत्मा इन तीनों का आपस में गहरा सम्बन्ध है। हमारी तामसिक, राजसिक और सात्त्विक वृत्तियां हमारे शरीर, मन और आत्मा के सम्बन्धों द्वारा ही निर्धारित होती हैं। हमारी श्वास-प्रक्रिया हमारे शरीर और मन के बीच सेतु का काम करती है।

श्वास-प्रक्रिया के माध्यम से हम मन को नियन्त्रित करने का प्रयास कर तामसिक से राजसिक प्रवृत्ति की ओर अग्रसर होते हैं। इसके लिए उचित श्वास-प्रक्रिया के विभिन्न अभ्यास सहायक हैं। अष्टांग योग में वर्णित चौथे अंग 'प्राणायाम' की विभिन्न विधियां इसके लिए सबसे महत्त्वपूर्ण साधन हैं। राजसिक से सात्त्विक वृत्तियों की ओर अग्रसर होने के लिए विचार-प्रक्रिया महत्त्वपूर्ण भूमिका निभाती है, क्योंकि विचार ही मन और आत्मा या चेतना को जोड़ने में सहायक हैं।

विचार-प्रक्रिया को सन्तुलित बनाने में, सकारात्मक चिन्तन के लिए एकाग्रता भी आवश्यक है।

> **मन और विचारों के सुसंस्कार द्वारा मनोवृत्तियों के रूपान्तरण की प्रक्रिया ही उपचार की वास्तविक प्रक्रिया है।**

एकाग्रता द्वारा शरीर, मन और आत्मा या चेतना को जोड़ना

हमारा शरीर बहुत सूक्ष्म कोशिकाओं द्वारा निर्मित है। हर कोशिका तथा उसका प्रत्येक परमाणु अपने-आप में स्वतन्त्र ऊर्जा तथा सूचना का केन्द्र भी है। जब सारी ऊर्जा और सूचना को एक स्थान पर केन्द्रित करने का प्रयास किया जाता है, वही एकाग्रता है।

एकाग्रता शरीर के किसी भी भाग या बिन्दु पर या शरीर के बाहर किसी भी वस्तु पर सम्भव है। आंखें बन्द करके स्वयं की श्वास-प्रक्रिया को महसूस करना एकाग्रता के लिए एक बहुत उपयोगी अभ्यास है।

> **यदि मानव हमेशा सतर्क रहे, तो उसके हृदय में कुविचार आ ही नहीं सकते।**

– स्वामी रामकृष्ण परमहंस

प्रमुख सीढ़ियां

मन द्वारा उपचार की प्रक्रिया तभी प्रभावी होती है, जब हम इसके तत्त्वों को सही क्रम में अपनाकर अभ्यास करें। इसके प्रमुख सोपान निम्नलिखित हैं:

1. मौन (आदर्श मौन)

मौन से यहां मतलब है 'आदर्श मौन'। मौन की अवस्था में हम अपने मुंह, जीभ तथा बोलने में सहायक स्वर यन्त्रों पर नियन्त्रण कर लेते हैं, लेकिन इसके बावजूद हम बाहरी जगत से जुड़े रहते हैं। आंखों से देख सकते हैं; कानों से सुन सकते हैं; इशारों तथा भाव-भंगिमाओं द्वारा अपनी बात दूसरों को समझा सकते हैं तथा दूसरों की बातों को समझ सकते हैं।

किसी भी व्यक्ति, वस्तु या स्थिति को देखकर हमारे मन में विचार उत्पन्न हो सकते हैं और हम बोलने पर विवश भी हो सकते हैं। इसलिए आदर्श मौन का पालन आवश्यक है। आदर्श मौन वह स्थिति है, जब हम बोलने पर नियन्त्रण के साथ-साथ अपनी अन्य ज्ञानेन्द्रियों के कार्यकलापों को भी सीमित या नियन्त्रण में कर लेते हैं, जिससे अपने आसपास के वातावरण के प्रति उदासीनता या निरपेक्षता आ जाती है। शब्द के साथ-साथ रूप, रस, गन्ध तथा स्पर्श से विमुख होना ही आदर्श मौन है।

आंखें बन्द करने का तो और भी महत्त्व है। आंखें बन्द करने का अर्थ है मस्तिष्क की तरंगों की आवृत्ति में कमी, जो हमें मन की गहराई में पहुंचने का अवसर प्रदान करती हैं।

बाहर से संवादहीनता का अर्थ है अपने अन्तस से संवाद, जो आध्यात्मिक विकास का स्रोत है। जब हम देखते हैं, बोलते हैं या अन्य किसी भी क्षेत्र में किसी भी दिशा में गतिशील होते हैं, तो ऊर्जा का बहाव अन्दर से बाहर की ओर होता है।

इसके विपरीत मौन की स्थिति में; न देखने की स्थिति में; निश्चलता की स्थिति में ऊर्जा का बहाव बाहर से अन्दर की ओर होता है अर्थात हम पराभौतिक ऊर्जा के लाभ प्राप्त करने लगते हैं। मौन साधना का एक हिस्सा है, जो ध्यान या मेडिटेशन में होने से पहले की अवस्था है।

आदर्श मौन के बाद मन को किसी एक ओर केन्द्रित करना या मनचाही दिशा में ले जाना ही ध्यान है।

योग के आठ अंगों – यम, नियम, आसन, प्राणायाम, प्रत्याहार, धारणा, ध्यान तथा समाधि में ध्यान से पहले की अवस्थाएं हैं 'प्रत्याहार' तथा 'धारणा'। 'प्रत्याहार' है ज्ञानेन्द्रियों पर नियन्त्रण – बाहरी जगत से सम्बन्ध तोड़ना ताकि अन्तर्यात्रा सम्भव हो सके। 'धारणा' है मन का केन्द्रीकरण और यहीं से शुरू होती है ध्यान की यात्रा।

इस प्रकार मौन की विभिन्न स्थितियां योग साधना के मार्ग की विभिन्न सीढ़ियां हैं।

मौन ध्यान की वह अवस्था है, जब हम स्वयं से बातचीत कर सकते हैं। अपनी चेतना से जुड़ कर; जो हमारी सामर्थ्य (Potential) है; सार्वजनिक या विश्वव्यापी चेतना से जुड़ सकते हैं।

इस प्रकार मौन तामसिक से राजसिक प्रवृत्ति की ओर अग्रसर होने की स्थिति है, इसलिए यह सात्त्विक का प्रवेश-द्वार है। सोते समय तो हम अक्सर मौन होते ही हैं, लेकिन जाग्रतावस्था में हम जितने अधिक मौन रहेंगे, ऊर्जा की बचत होगी, जिसका अन्यत्र इस्तेमाल किया जा सकता है।

गांधी जी के लिए तो हर समस्या का एक ही समाधान था – उपवास तथा मौन। उपवास जहां भौतिक शरीर की शुद्धि का साधन है, वहीं मौन मन की शुद्धि के लिए आवश्यक है। मौन वस्तुतः मानसिक उपवास है।

सभी जानते हैं कि गांधी जी तथा विनोबा भावे जो अक्सर मौन का सहारा लेते थे; उनमें प्रबल मानसिक शक्ति थी, जिसके कारण वे इतने महान काम कर पाए। आप भी मौन के अभ्यास द्वारा अपनी मानसिक शक्तियों का विकास कर बड़े-बड़े काम कर सकते हैं तथा सम्पूर्ण आरोग्य प्राप्त कर सकते हैं।

मौन स्वयं में कुछ नहीं है, बल्कि एक माध्यम है। मौन साध्य नहीं, बल्कि साधन है। मौनावस्था प्राप्त करने के बाद जो क्रियाएं सम्पन्न होती हैं, वे महत्त्वपूर्ण हैं। गाड़ी के इंजन को चालू करके आप अपने मनचाहे स्थान तक नहीं पहुंच सकते। गाड़ी स्टार्ट करके आप कितना ही एक्सीलिरेटर दबाएं, गाड़ी गति नहीं पकड़ेगी, जब तक कि गाड़ी को गियर में न डालेंगे।

मौन में आप अपने श्वास के आने-जाने पर ध्यान केन्द्रित करें, तो मन के अवचेतन भाग में दबे विकार निकल जाएंगे, जो अनेक बीमारियों का कारण बनते हैं। आप विकार-मुक्त होंगे, तो रोग-मुक्त होंगे। 'विपश्यना' साधना की पहली सीढ़ी भी है, जिसे 'आनापान' कहते हैं।

मौन में आप शरीर के विभिन्न अंगों का सिर से पैर तक निरीक्षण करें; ध्यान से महसूस करें; पूरा शरीर एक नई स्फूर्ति; एक नई चेतना से प्रफुल्लित हो उठेगा।

मौन में शरीर के ऊर्जा केन्द्रों (सात चक्रों) पर ध्यान केन्द्रित करें। पूरे शरीर में ऊर्जा का प्रवाह सन्तुलित होकर शरीर की विषाक्तता तथा

नकारात्मकता समाप्त होगी।

मौन की अवस्था में पीड़ित अंग का सिर्फ़ ध्यानपूर्वक निरीक्षण करने से पीड़ा में आराम पहुंचेगा। मौन में आप संकल्प लें; संकल्प पूरे होंगे। तकनीकी भाषा में कहें, तो संकल्प लेना या करना एक प्रकार से स्वीकारोक्ति ही है, जो मौन की विशेष अवस्था में, जिसे हम 'एल्फा लेवल ऑफ़ माइंड' कहते हैं; प्रभावशाली ढंग से काम करती है। मौन में लिये गए संकल्प ही अधिक गहरे होते हैं अर्थात अधिक असरदार होते हैं।

मौन वह तत्त्व है, जिसमें महान घटनाएं विचार रूप में स्वयं को निर्मित करती हैं। संसार के महान आविष्कार, महान घटनाओं की शुरुआत; महान योजनाओं की रूपरेखा सबसे पहले किसी-न-किसी के मन में बनती है, जो बाद में कार्यरूप में बदल जाती है।

मन में पैदा हुए विचार तभी असरदार ढंग से क्रियान्वित होते हैं, जब मन शान्त हो। अशान्त, उद्वेलित मनःस्थिति में कोई भी सकारात्मक विचार या महान योजना न तो उत्पन्न होगी और न ही पूरी। तभी तो कहा गया है मौन ही श्रेष्ठ है।

शान्त हो जाएं। आंखें बन्द कर लें। भौतिक शरीर का अन्दर से अवलोकन करें। श्वास के आने-जाने को ध्यानपूर्वक देखें। कितना सुकून मिल रहा है, इसका अनुभव करें। पूरे शरीर में फैली हुई शान्ति को और अधिक गहन होने दें। मन एक शान्त झील की तरह हो गया है, एक साफ़ दर्पण की भांति हो गया है। मन-रूपी स्वच्छ दर्पण पर अच्छे स्वास्थ्य, आरोग्य, प्रेम, मैत्री तथा मनचाही महान योजनाओं की छवि अंकित करें।

फ़ोटोग्राफ़िक फ़िल्म की तरह तस्वीर का नेगेटिव तैयार हो गया। शरीर-रूपी कैमरे और मन-रूपी फ़िल्म को संभालकर रखें। फ़ोटो निकालने से पहले यदि फ़िल्म पर प्रकाश-रूपी ग़लत छवियां अंकित हो गईं, तो सफलता में सन्देह रहेगा। अपने मौन, अपनी शान्ति तथा निर्मलता को बनाए रखें तथा

उस छवि को दृढ़ता के साथ थामे रखें। मनचाही सफलता तय है।

जहां शान्ति वहीं शक्ति। मन की शक्ति का लाभ भी तभी उठा सकेंगे, जब मन की शान्ति प्राप्त कर लेंगे। शान्ति की मनःस्थिति में 'न्यूरोपैप्टाइड' नामक हार्मोन के उत्सर्जन में वृद्धि होती है, जिससे हम स्वाभाविक रूप से तनाव-मुक्ति का अनुभव करते हैं तथा इस अवस्था में हमारी कार्य-क्षमता भी बढ़ जाती है।

जब हमारा मन शान्त होता है, तो वह ब्रह्मांड का आईना बन जाता है, सभी सृजनाओं का दर्पण बन जाता है।

चुआंग त्ज़ु

ज़मीन के एक टुकड़े पर लगातार फ़सलें बोने से ज़मीन की उपजाऊ शक्ति लगातार कम होती चली जाती है, इसलिए ज़मीन की उपजाऊ शक्ति बढ़ाने के लिए एक तरीक़ा यह भी है कि जमीन को कुछ समय के लिए ख़ाली छोड़ देते हैं। कुछ समय ख़ाली पड़ी रहने के बाद ज़मीन पुनः उर्वर हो जाती है। और अच्छी फ़सलें पैदा करने लगती है। यही स्थिति मन की भी है।

यदि आप चाहते हैं कि मन-रूपी ज़मीन की उर्वरता का आरोग्य तथा भौतिक इच्छा-पूर्ति के लिए अधिक-से-अधिक लाभ हमें मिल सके, तो इसके लिए मौन नामक तत्त्व को जीवन में महत्त्व दीजिए।

मौन वह तत्त्व है, जिसमें महान चीज़ें आकार लेती हैं।

कार्लिल

2. श्वास–प्रक्रिया द्वारा शरीर तथा मन का सन्तुलन

श्वास और मन के बीच गहरा सम्बन्ध है, इसलिए श्वास-प्रक्रिया का निरीक्षण युगों से ध्यान पद्धति के रूप में किया जाता रहा है; विशेष रूप से

'विपश्यना' में, जिसे भगवान बुद्ध ने विकसित कर स्वयं अभ्यास किया तथा आज जिसे सत्यनारायण गोयनका बर्मा के मास्टर ऊ बा खिन से विशुद्ध मूल रूप में सीखकर देश-विदेश में प्रचारित कर रहे हैं।

'स्वयं की श्वास-प्रक्रिया का निरीक्षण' विपश्यना की पहली कड़ी है, जिसे 'आनापान' कहते हैं। विपश्यना अर्थात अपने 'शरीर की चेतना का निरीक्षण' करने के लिए 'आनापान' ज़रूरी है, क्योंकि विपश्यना के लिए यह मन को मनचाही शान्त स्थिति में पहुंचा देता है।

"ध्यान की कोई भी पद्धति क्यों न हो; चाहे वह सिर्फ़ श्वास-प्रक्रिया का निरीक्षण ही क्यों न हो; वह अपने आन्तरिक स्व से जुड़ना है; योग है। स्वयं की चेतना के विस्तार तथा प्रकाश और ज्ञान के असीमित स्रोत से एकाकार होने में सहायक है, इस प्रकार जीवन में सन्तुलन तथा सम्पन्नता देनेवाला है।" ये विचार व्यक्त किए हैं आर. वेणुगोपालन ने अपनी पुस्तक 'द आर्ट ऑफ़ ब्रीदिंग' में।

जब भी हम आंखें बन्द कर लेते हैं, तो हम बाहरी जगत के दृश्य-रूप से कट जाते हैं। जब हम किसी भी प्रकार की श्वास-क्रिया कोशिश के बिना या सचेष्ट करते हैं, तो भी मानसिक रूप से बाहरी जगत से कट जाते हैं। भौतिक जगत तथा भौतिक शरीर की सत्ता विलीन होती जाती है। शरीर शान्त हो जाता है और शरीर शान्त हो जाने पर मन और मस्तिष्क शान्त हो जाते हैं।

हम लगातार एल्फा लेवल में चले जाते हैं, जहां मन की सत्ता सर्वोच्च होती है। ऐसी अवस्था में जैसा मन सोचता है, वैसा ही भौतिक जगत में प्रकट होने लगता है। हम अपनी विशुद्ध चेतना से जुड़ जाते हैं और क्योंकि हमारी चेतना ईश्वरीय चेतना या पूरे ब्रह्मांड की चेतना से जुड़ी है, हम सर्वव्यापी चेतना से जुड़, उसका एक टर्मिनल बन जाते हैं, कभी अलग न होनेवाले उसके अंग हो जाते हैं।

'एक राजस्थानी कहावत है: "मरी क्यां? के सांस कोनीं आयौ?" अर्थात सांस का न आना मृत्यु है और सांस का आना जीवन। सांस आता-जाता रहेगा तो हम जीवित रहेंगे अन्यथा मृत्यु को प्राप्त हो जाएगें। लेकिन सांस के आने-जाने और सांस के न आने के मध्य भी कई सोपान हैं। अब आप़ देखिए। सांस तो आ रही है, लेकिन क्या सिर्फ़ सांस का आना ही पर्याप्त है? जीवित रहने के लिए सांस का आना तो आवश्यक है ही, सांस का उचित रीति से आना भी आवश्यक है। सांस का उचित रीति से न आना ही बीमारी है।

आप कहेंगे, बीमारी की स्थिति में सांस की गति ठीक नहीं रहती, यह ठीक है, लेकिन बीमारी की स्थिति में पहुंचने के लिए अन्य बातों के साथ-साथ पहले सांस का उचित रीति से आना-जाना न होना भी उत्तरदायी है।

मरने के बाद कोई सांस नहीं ले पाता, बिल्कुल नहीं। मरने के बाद सांस लेकर देखिए, आप जीवित हो उठेगे, लेकिन अफ़सोस यह सम्भव नहीं। आप जीवित हैं, तो ज़रूर उचित रीति से सांस लेने का अभ्यास कीजिए। रोगों से बचे रहेंगे। लम्बे गहरे सांस लीजिए। सांसों के बीच अन्तराल को कोशिश करके लम्बा कीजिए। सांस लेने और छोड़ने में लयात्मकता उत्पन्न कीजिए।

कितनी भी परेशानी हो, आंखें बन्द कर लें; गहरा सांस लेकर अन्दर रोक लें; फिर धीरे-धीरे सांस बाहर निकाल दें; सांस को बाहर ही रोके रखें और फिर एक और गहरा सांस अन्दर लें। इस प्रकार कई ख़ूब गहरी सांसें लें, रोकें, बाहर निकालें और बाहर रोकें। पूरा ध्यान सांस के आने-जाने पर लगा दें। कुछ ही सांसों के बाद आपकी परेशानी जाती रहेगी।

एक नई ताज़गी, नई ऊर्जा तथा नई स्फूर्ति अनुभव होगी। सांस आपको नियन्त्रित करें, इससे पहले आप सांसों को नियन्त्रित करना सीखें। सांसों पर नियन्त्रण का अर्थ है, मन पर नियन्त्रण और मन पर नियन्त्रण का अर्थ है। अपनी सोच को मनचाही सकारात्मक दिशा में ले जाना, उसे वास्तविकता में बदलना।

प्राणायाम के विभिन्न अभ्यास सीखें। जल्दी-जल्दी सांस लेना और छोड़ना; धीरे-धीरे सांस लेना और छोड़ना; रुक-रुककर सांस छोड़ना – सभी प्रकार के अभ्यास करें। अनुलोम-विलोम अर्थात नाड़ीशोधक प्राणायाम (Alternate Breathing) एक उत्तम अभ्यास है। मस्तिष्क को अधिक सक्रिय रखने के लिए भ्रामरी (चक्करदार) प्राणायाम का अभ्यास किया जा सकता है। इसी सन्दर्भ में 'साहिर' होशियारपुरी का यह शे'र भी देखिए:

सांस लेने का अगर नाम है जीना 'साहिर',
सांस लेने के भी अन्दाज़ बदलते रहिए।

3. मन तथा मस्तिष्क को तनाव-मुक्त तथा शान्त करना

मन द्वारा उपचार की प्रक्रिया में मन तथा मस्तिष्क दोनों का महत्त्वपूर्ण स्थान है। जब तक शरीर में तनाव बना रहेगा मन तथा मस्तिष्क में भी तनाव रहेगा, इसलिए मन तथा मस्तिष्क को तनाव-मुक्त करने के लिए सबसे पहले शरीर को तनाव-मुक्त करना आवश्यक है।

गहरी सांसें लें तथा शरीर को ढीला छोड़ दें। पूरे शरीर का अवलोकन करें। ऊपर से नीचे एक-एक अंग को ध्यान से देखते रहें और उसे ढीला छोड़ते जाएं। पूरे शरीर को पूरी तरह शिथिल हो जाने दें। फिर ख़ूब गहरी सांस लें और छोड़ें।

गहन विश्रान्ति या तनाव-मुक्ति के लिए नीरवता, निश्चलता तथा निर्जनता इन तीन 'न' का अनुपालन करना लाभदायक है। (Three 'S' to get into the state of deep relaxation: Silence, Stillness And Solitude)

नीरवता अर्थात मौन के विषय में ऊपर चर्चा की जा चुकी है। निश्चलता का अर्थ है गतिहीनता अर्थात ज्ञानेन्द्रियों के साथ-साथ कर्मेन्द्रियों का भी पूरा विश्राम। आप एकदम शान्त बैठकर अभ्यास करें। निर्जनता से मतलब है स्थान का व्यक्तियों से रहित होना। अर्थात पूरी तरह एकान्त। भीड़-

भाड़वाले स्थान की अपेक्षा एकान्त में अभ्यास या साधना करने पर हम मन तथा मस्तिष्क को शीघ्र तनाव-मुक्त कर पाते हैं।

मन द्वारा उपचार की प्रक्रिया में शरीर तथा शरीर के बाद मन तथा मस्तिष्क का तनाव-रहित होना महत्त्वपूर्ण बिन्दु है; इसके बाद ही उपचार की वास्तविक प्रक्रिया शुरू होती है।

4. विचार–प्रक्रिया या चिन्तन-क्रम में परिवर्तन

अक्सर हमारे तनाव का कारण होता है कोई विशेष चिन्तन। ध्यान वहां से हटता नहीं और तनाव समाप्त होता नहीं। ऐसी स्थिति में तनाव को दूर करने के लिए ध्यान या विचार-प्रक्रिया का बदलाव ज़रूरी है। इसके लिए ध्यान को तनाव के बिन्दु से हटाकर ऐसे स्थान पर लगाया जाता है, जिसके चिन्तन से हमें आनन्द की प्राप्ति होती है।

ध्यान का अरुचिकर, अवांछित या नकारात्मक परिस्थितियों से रुचिकर, वांछित या सकारात्मक परिस्थितियों की ओर परिवर्तन किया जाता है। कुछ लोग बीमार इसलिए हैं कि वे हमेशा बीमारियों के बारे में ही सोचते रहते हैं, जब कि बहुत-से लोग स्वस्थ तथा प्रसन्नचित्त इसलिए रहते हैं, क्योंकि वे आशावादी हैं और हमेशा अच्छे स्वास्थ्य, दीर्घायु और समृद्ध जीवन की कल्पना ही करते हैं। मन का स्वभाव है चिन्तन।

शान्त मन में भी विचार आते रहेंगे, लेकिन यदि मन को सकारात्मक तथा आशावादी विचारों से भर दिया जाए, तो नकारात्मक तथा निराशावादी विचारों के लिए स्थान ही नहीं रहेगा। यह प्रक्रिया मन तथा मस्तिष्क को तनाव-मुक्त तथा शान्त बनाए रखने में भी सहायक है तथा मन व मस्तिष्क के तनाव-मुक्त व शान्त होने पर हम उपचार की प्रक्रिया में मन की शक्तियों का असरदार उपयोग कर लाभ प्राप्त कर पाते हैं। मन द्वारा उपचार की प्रक्रिया में उपरोक्त तथा अन्य सभी तत्त्व महत्त्वपूर्ण तो हैं ही, ये साथ-साथ काम भी करते हैं।

ऐसा नहीं है कि एक तत्त्व का काम पूरा होने पर दूसरे का काम शुरू होता है। विचार-प्रक्रिया या चिन्तन-क्रम में बदलाव के साथ ही हम अधिक तनाव-मुक्त व शान्त अनुभव करते हैं, तो शान्ति की अवस्था में ध्यान के बिन्दु को बदलना भी सरलतम हो जाता है।

'मेल्चीज़ेडेक पद्धति' के प्रवर्तक एल्टन कैमेडॉन कहते हैं, "सभी स्वास्थ्य सम्बन्धी अनियमितताओं का मूल विचार में होता है और शरीर में इन अनियमितताओं या विसंगतियों को समाप्त करने की क्षमता भी विचार में ही होती है। विचार-धारा को नियन्त्रित करना ही आध्यात्मिक उन्नति तथा व्यक्तिगत उपचार का सरल मार्ग है।"

हम जैसा मन में सोचते हैं, वही शब्दों के रूप में ज़ुबान पर आ जाता है। जैसा हम सोचते हैं वैसा ही भौतिक जगत में प्रकट होने लगता है। इसलिए जो शब्द हम बोलते हैं वैसा ही होना चाहिए, लेकिन कई बार ऐसा नहीं भी होता है। वास्तव में हम जो सोचते हैं; जैसा चाहते हैं; कई बार उसके विपरीत बोलते हैं, लेकिन हम जानते हैं कि हम ऐसा नहीं चाहते तभी हमारे बोले हुए शब्द घटित नहीं होते।

मां बच्चे को डांटती हुई कहती है कि तू मर क्यों नहीं जाता? यह शब्द सिर्फ़ उसके मुंह से निकलते हैं, मन में नहीं पैदा होते। मन में तो बच्चे की दीर्घायु और उत्तम स्वास्थ्य की कामना होती है। इस प्रकार शब्दों से महत्त्वपूर्ण है मन की भावना; आन्तरिक चिन्तन। भावनाओं पर नियन्त्रण तथा उचित भावनाओं का निर्माण यही मन द्वारा उपचार की प्रक्रिया है। मन द्वारा उपचार की प्रत्येक विधि में इस तत्त्व का महत्त्वपूर्ण स्थान है।

5. मन को एल्फा स्तर में ले जाना

मन तथा मस्तिष्क को तनाव-मुक्त तथा शान्त करने के बाद ध्यान को मन की और निचली परतों में ले जाना होता है। 'मन' या 'चित्त' की कई परतें या

दशाएं (अवस्थाएं) हैं। कई लोग मन और चित्त को अलग-अलग मानते हैं तथा कई चित्त को मन का सूक्ष्म भाग मानते हैं और इसका कारण है संस्कृत, पालि तथा प्राकृत आदि भाषाओं में इसके लिए अलग-अलग शब्दों का इस्तेमाल तथा हज़ारों सालों में शब्दों के अर्थों तथा परिभाषाओं में बदलाव। यहां हम मन और चित्त को पूरक मानकर चल रहे हैं।

मन वास्तव में पानी में डूबे हुए एक बड़े आइसबर्ग के समान है, जिसका अधिकांश भाग पानी में डूबा रहता है और कम भाग पानी से ऊपर दिखाई पड़ता है। आइसबर्ग के पानी के ऊपर दिखनेवाले भाग के समान मन का ऊपरी भाग; जो मनुष्य की जाग्रत अवस्था में सक्रिय होता है; चेतन मन कहलाता है।

यह सम्पूर्ण मन का 10 प्रतिशत से 12 प्रतिशत तक होता है और शेष 88 प्रतिशत से 90 प्रतिशत तक। शेष मन को हम अक्सर दो भागों में बांटते हैं: 'अवचेतन मन' तथा 'अचेतन मन'।

अवचेतन मन में जो विचार एक बार घर कर गया, वह विचार ज़रूर पूर्णता को प्राप्त होगा। हमारे अवचेतन में असंख्य विचार, असंख्य विकार दबे पड़े होते हैं। ध्यान की विभिन्न अवस्थाओं में ये विकार निकलकर बाहर चले जाते हैं तथा मन की एल्फा अवस्था में हम नए लाभदायक तथा स्वास्थ्यप्रद विचारों को अवचेतन मन में फिर से डाल सकते हैं। एल्फा अवस्था वस्तुतः अवचेतन मन का एक विशेष भाग है, जो मन द्वारा उपचार में सहायक है।

अवस्था चतुष्टयम (Four Layers of Consciousness) तथा एल्फा अवस्था (Alpha Level of Mind)

हमारे यहां चेतना की चार अवस्थाएं मानी गई हैं – जाग्रत, स्वप्न, सुषुप्ति तथा तुरीयावस्था।

जाग्रतावस्था में शरीर और मन दोनों सचेत अवस्था में होते हैं, जब कि स्वप्नावस्था में न तो शरीर और न ही मन सचेत होता है। सुषुप्ति की स्थिति में शरीर और मन दोनों विश्राम की स्थिति में होते हैं। तुरीयावस्था चेतना की उच्चतम अवस्था है। यह वह अवस्था है जब व्यक्ति की चेतना सर्वव्यापी चेतना से एकाकार होती है।

इस स्थिति में व्यक्ति बाहरी संवाद को सुनकर ग्रहण करता है, लेकिन इससे उसकी आन्तरिक शान्ति तथा विश्रान्ति भंग नहीं होती। यही वह अवस्था है, जब कोई भी विचार-रूपी बीज मन में तुरन्त अंकुरित होना शुरू करता है। ऐसा ही एल्फा अवस्था में होता है इसलिए एल्फा अवस्था को हम तुरीयावस्था के समकक्ष रख सकते हैं।

मस्तिष्क में तरंगों की आवृत्ति के अनुसार मन के विभिन्न स्तर:

क्र.सं.	**मन का स्तर**	**मस्तिष्क में तरंगों की प्रति सेकंड आवृत्ति**	**मन तथा शरीर की विशेषता**
1.	विचाररहित स्थिति	0	असम्भव स्थिति
2.	डेल्टा (Delta)	0-4	समाधि की अवस्था
3.	थीटा (Theta)	4-7	गहरे ध्यान की अवस्था
4.	एल्फा (Alpha)	7-14	ध्यान व एकाग्रता की अवस्था
5.	केन्द्रीय बारम्बारता स्तर (Centred Frequency Level)	10	यह वह आदर्श अवस्था है जब हम अपने मन को मनचाहे विचारों से आप्लावित करेंगे तो विचार कार्य-रूप में परिणत होंगे।

6.	बीटा (Beta)	14-21	मनुष्य के दैनिक जीवन के सामान्य क्रियाकलापों के दौरान की अवस्था
7.	-	21-60	वह अवस्था जहां मनुष्य तनाव तथा अति तनाव से पीड़ित होकर विभिन्न बीमारियों की चपेट में आता है
8.	-	60 से ऊपर	हिस्टीरिया की स्थिति

मन के विभिन्न भागों तथा मन की अवस्थाओं का एक मिश्रित चित्र:

चेतन मन (Conscious Mind) जाग्रतावस्था (Beta Level)		
Critical Mind	अचेतन मन (Unconscious Mind)	स्वप्नावस्था Alpha Level
Subconscious Mind	अवचेतन मन (Subconscious Mind)	सुषुप्तावस्था Theta Level
Primitive Area	अवचेतन मन (Subconscious Mind)	तुरीयावस्था Delta Level

यहां साधकों को विभिन्न प्रकार के वर्गीकरण तथा तकनीकी शब्दावली से भ्रमित होने की आवश्यकता नहीं है और न ही इसको गम्भीरता से लेने की, क्योंकि इसको जानने-मात्र से हमारे किसी उद्देश्य की पूर्ति नहीं होती।

इक़बाल कहते हैं:

अल्फ़ाज़ के पेचों में उलझते नहीं दाता,
गब्बास को मतलब है सदफ से कि गोहर से।

अर्थात बुद्धिमान शब्दों की भूलभुलैया में गुम नहीं होते, उसका अर्थ ग्रहण करते हैं। ग़ोताख़ोर को मोतियों से मतलब रखना चाहिए, न कि सीपियों से।

हमारा उद्देश्य है मन की अतल गहराई में उतरकर अपनी बात को प्रभावशाली तरीक़े से कहना, ताकि मन की शक्ति द्वारा उसे वास्तविकता में परिवर्तित किया जा सके। इसके लिए स्वयं लगातार अभ्यास करें तथा पूरी सफलता न मिलने की स्थिति में किसी योग्य प्रशिक्षक के मार्ग-दर्शन में अभ्यास करें।

शुरू में एल्फा लेवल या मन की गहराई में पहुंचने में कुछ समय लगेगा, लेकिन लगातार अभ्यास के बाद इस स्थिति में पहुंचना बिल्कुल सरल हो जाएगा।

6. मन की एकाग्रता या एकाग्रचित्तता

तुलसीदास जी कहते हैं, **'दुचित कतहुं परितोष न लहहीं' अर्थात मन के दुविधा में हो जाने पर कहीं सन्तोष नहीं मिलता।** अक्सर हमारे मन की सभी वृत्तियां बिखरी हुई अवस्था में रहती हैं। इसी बिखराव के कारण मन चारों ओर भागता रहता है। किसी एक बिन्दु पर स्थिर नहीं हो पाता।

जब हमारे ध्यान की समग्रता किसी एक बिन्दु, स्थान या विषय पर केन्द्रित हो जाती है, वही एकाग्रता की स्थिति है। मौन, श्वास के विभिन्न अभ्यास, निश्चलता तथा एकान्त ऐसे तत्त्व हैं, जो एकाग्रचित्तता बनाने में सहायक हैं।

सूर्य की रोशनी को जब मैग्नीफ़ाइंग ग्लास द्वारा एक बिन्दु पर केन्द्रित किया जाता है, तो उसकी ऊर्जा काग़ज़ या छोटे-मोटे तिनकों को जलाने में समर्थ हो जाती है और जलते हुए काग़ज़ या घास-फूस के तिनकों से हम किसी भी वस्तु को जला सकते हैं।

इसी प्रकार जब विचार-रूपी किरणों को केन्द्रित किया जाता है, तो

उससे एक नई सृष्टि की खोज सम्भव है। एकाग्रता का एक और अर्थ भी है अपनी ज्ञानेन्द्रियों के क्रिया-कलापों को सीमित कर उनको बहिर्मुखी से अन्तर्मुखी बनाना।

हमारे मस्तिष्क में अरबों कोशिकाएं होती हैं, जिन्हें न्यूरॉन कहते हैं और इनकी कार्य-क्षमता विविध प्रकार की होती है। एकाग्रता द्वारा इन ज्ञान तन्तुओं को किसी कार्य-विशेष के लिए केन्द्रित कर अपनी आन्तरिक क्षमताओं का भरपूर उपयोग किया जा सकता है।

एकाग्रता का सबसे बड़ा लाभ यह है कि हम न केवल मनचाही दिशा में ध्यान को लगा सकते हैं, बल्कि अनचाही दिशाओं से ध्यान हटा भी सकते हैं। यही हमारा उद्देश्य है। मन के कामों के बिखराव को रोककर एक स्थान पर, एक बिन्दु पर केन्द्रित करना।

त्राटक द्वारा अर्थात एक वस्तु या बिन्दु पर लगातार ध्यान लगाकर भी एकाग्रता की स्थिति प्राप्त की जा सकती है।

7. मानस प्रत्यक्षीकरण तथा कल्पना (दिवास्वप्न)

पुरानी परिचित घटनाओं को मन में लाना चाक्षुषीकरण या मानस प्रत्यक्षीकरण (Visualization) तथा आवश्यकतानुसार घटनाओं का मन में निर्माण करना कल्पना (Imagination) कहलाता है। कई बार आप किसी घटना को पहले ही देख लेते हैं, चलचित्र की भांति बिल्कुल स्पष्ट और यह घटना घटित हो जाती है।

किसी भी कारण से कोई भी घटना जो आप पहले से देख लेते हैं, घट जाती है, उसी प्रकार किसी भी इच्छा को पूरा करने के लिए उसको देखना, मन में उसकी छवि बनाना शुरू कर दें। दिन-रात, सोते-जागते, उठते-बैठते उसी का सपना देखें। कहा गया है:

अगर आप सपने देख सकते हैं, तो उन्हें साकार भी कर सकते हैं।

– वाल्ट डिज़नी

आप जो भी दिल से चाहते हैं, आपका जीवन के प्रति जो दृष्टिकोण है, यदि आप उसको एक सपने के रूप में ले सकते हैं, उसका बार-बार ख़्वाब देखने की ताक़त पैदा कर सकते हैं, तो आप उसे निश्चित रूप से प्राप्त कर लेंगे।

हम ऐसा कोई स्वप्न नहीं देख सकते, जिसको पूरा करने की शक्ति या क्षमता हममें न हो। हमारे अन्दर किसी विचार किसी स्वप्न के बीज हैं, तो उनको कार्य-रूप में परिणत करने की योग्यता भी है। इसके लिए समस्त ब्रह्मांडीय शक्तियां हमारा सहयोग करेंगी, ताकि बीज एक शानदार वृक्ष में परिवर्तित हो सके।

कल्पना कीजिए कि आप एक समुद्र तट की गर्म रेत पर लेटे हैं। लहरें लगातार आपकी ओर बढ़ रही हैं। शीघ्र ही लहरें आपके शरीर को छूने लगती हैं और उसके बाद आपके शरीर को भिगो-भिगोकर लौटने लगती हैं। लहरें आती हैं और आपको नहलाकर वापस लौट जाती हैं, लेकिन हर लहर अपने साथ ले जाती है आपकी थकान, आपका तनाव, आपकी आकुलता तथा आपका दबाव।

हर लहर के साथ स्वयं को अधिक-से-अधिक शिथिल और तनाव-मुक्त पाइए। ये सब मन की कल्पनाएं हैं, लेकिन लाभ प्राप्त कर रहा है आपका शरीर। आपका शरीर एक नई वास्तविकता से रूबरू हो रहा है अर्थात कल्पना वास्तविकता में बदल रही है।

आप मन में जो कल्पना करते हैं यानी Visualize करते हैं, उसका वास्तविकता में परिवर्तित होना आवश्यक है। यदि आपकी कल्पना वास्तविकता में परिवर्तित नहीं होती, तो इसके निम्नलिखित कारण हो सकते हैं:

1. कल्पना और चिन्तन में असमानता

आप सोच कुछ रहे हैं और मन में चित्र कुछ और बना रहे हैं। कई बार सोच कल्पना के विपरीत होती है, इसलिए हमारा प्रयास बेकार हो जाता है। सोच के अनुरूप ही कल्पना के चित्र बनाएं।

2. कल्पना में स्पष्टता का अभाव

कल्पना का चित्र जितना स्पष्ट, जितना विशद, जितना फैला तथा रंगीन होगा, वास्तविकता में परिवर्तन उतना ही शीघ्र तथा सरल होगा।

3. कल्पना को बार-बार बदलना

एक पौधे को रोपने के बाद यदि आप बार-बार उसे उखाड़ेंगे और रोपेंगे, तो उसकी जो स्थिति होगी आप स्वयं अनुमान लगा सकते हैं।

पौधे को एक बार सही रोपने के बाद उसकी परवरिश की तरफ़ ध्यान दें; खाद-पानी; धूप और हवा की उचित व्यवस्था करें। समय आने पर पौधे में फूल-फल ज़रूर लगेंगे।

कल्पना का चित्र बनाकर उस पर दृढ़ रहें। उसी को बार-बार ध्यान से देखने का; उससे आनन्दित होने का प्रयास करें। अक्सर दस मिनट तक उसकी छवि को बनाए रखें। दृढ़ रहें (तनाव में नहीं, बल्कि तनाव-मुक्त होकर)।

4. विश्वास का अभाव

विश्वास रखें। बिना विश्वास के आश्चर्यजनक घटित नहीं होता। आपमें विश्वास का उदय हो और यह लगातार बना रहे। यदि कभी 'मनचाही सफलता नहीं मिल रही है' ऐसा लगे तो भी विश्वास कमज़ोर न होने दें।

शुरू में कुछ आसान कल्पनाएं कर अपने प्रोजेक्ट्स में सफलताएं पाएं।

5. अहंकार की उत्पत्ति तथा आत्म–प्रदर्शन की प्रवृत्ति

जब किसी एक प्रोजेक्ट या मनचाहे काम में सफलता मिले, तो इससे अपने ऊपर ज़्यादा गर्व न करें और सफलता को अपने तक ही सीमित रखें। ढिंढोरा पीटने की आवश्यकता नहीं है। हां, प्राप्त हर सफलता से अपने विश्वास को, आत्मविश्वास को दृढ़ करते जाएं। एक के बाद दूसरी बड़ी सफलता से, हर बड़ी उपलब्धि के बाद स्वयं को अधिक-से-अधिक विनम्र बनाएं।

6. कर्ता-भाव का उदय

इस बात का ध्यान रखें कि आप केवल माध्यम हैं, सफलता या असफलता; उपलब्धि या हानि के। इसलिए आपका कर्तव्य है कर्म करना। फल की इच्छा मत कीजिए। जो चाहते हैं, उसे सोचिए और कल्पना का चित्र बनाइए। जैसा मकान बनाना चाहते हैं, वैसा ही नक़्शा बना लीजिए। बार-बार नक़्शे में बदलाव करेंगे, तो नक़्शा ख़राब हो जाएगा। हर बदलाव के लिए नया नक़्शा बनाएंगे, तो नक़्शे ही बनाते रह जाएंगे।

आपका नक़्शा कभी आख़री नहीं होगा। मकान कैसे बनेगा? एक बार ख़ूब सोच-समझकर नक़्शे को काग़ज़ पर बना लीजिए, फिर एक-एक कदम बढ़ाते हुए मकान के निर्माण का काम शुरू कर दीजिए। याद रखिए कि मकान बनने के बाद भी थोड़ा-बहुत बदलाव करने की गुंजाइश बनी रहती है। सर्वश्रेष्ठ विचार या विकल्प का इन्तज़ार मत कीजिए। श्रेष्ठ विचार या विकल्प स्वयं पीछे-पीछे चले आएंगे।

7. विश्लेषणात्मक तथा फलापेक्षी होना

योजना बनाकर काम करना अच्छी बात है, लेकिन सफलता-असफलता का विश्लेषण मत कीजिए। न पहले, न बाद में। आध्यात्मिक उन्नति या अध्यात्म द्वारा सफलता तथा सम्पन्नता प्राप्त करने के क्षेत्र में फल की अपेक्षा करना सबसे बड़ी बाधा है। निष्काम कर्म की महत्ता यूं ही नहीं कही गई है।

8. धैर्य और अभ्यास की कमी

किसी भी काम में कुशलता या होशियारी प्राप्त करने के लिए अभ्यास ज़रूरी है। सबसे पहले सरलतम इच्छाओं को विचार और कल्पना-चित्र के माध्यम से साकार कीजिए। सरल से कठिन की प्राप्ति की ओर बढ़ना अच्छा है। अभ्यास की निरन्तरता भी आवश्यक है। मनचाहा समय दीजिए।

बीज बोने के बाद उसको उगने में कुछ समय लगता है। यदि इस कुछ समय से पहले उसको उखाड़-उखाड़कर देखते रहेंगे, तो सम्भव है किसी क्षण बीज ही नष्ट हो जाए और आप मनचाहे फल से वंचित ही रह जाएं।

सहजता और धीरज का पालन करें।

प्रभावशाली रचनात्मक कल्पना के चार मूल तत्त्व

1. अपना उद्देश्य या लक्ष्य निर्धारित करें।
2. मन में स्पष्ट विचार या कल्पना-चित्र का निर्माण करें।
3. लगातार ध्यान केन्द्रित करें।
4. सकारात्मक ऊर्जा प्रदान करें।

8. विश्वास

महान उपलब्धियों के लिए हमें कर्म ही नहीं करना चाहिए, बल्कि सपने भी देखने चाहिए। योजना ही नहीं बनानी चाहिए बल्कि विश्वास भी करना चाहिए।

अनातोले फ्रांस

जो लोग चिकित्सक या उपचारक (हीलर) तथा उपचार पद्धति में पूरा विश्वास करके उपचार कराते हैं, वे शीघ्र लाभ प्राप्त करते हैं, क्योंकि बच्चे,

स्त्रियां तथा सरल हृदय व्यक्ति विश्वास भी करते हैं तथा तर्क वग़ैरह भी नहीं करते, इसलिए वे अक्सर शीघ्र रोग से मुक्त हो जाते हैं।

एक घटना याद आ रही है। एक सीधा-सादा किसान न जाने कैसे बीमारी की चपेट में आ गया और खाट पकड़ ली। घरवालों के बहुत कहने-सुनने पर पास के शहर में एक नामी वैद्य के पास पहुंच गया। वैद्य ने नाड़ी देखी और भली-भांति परीक्षण कर एक काग़ज़ के पुर्ज़े पर दवा लिखकर देते हुए कहा, यह दवा घर जाकर पानी में घोलकर पी लेना।

आजकल तो अक्सर सभी डॉक्टर दवा लिखकर देते हैं। अपने पास से दवा देनेवाले डॉक्टर छोटे-मोटे डॉक्टर माने जाते हैं। जब तक चार-छः टेस्ट न कराए वह बड़ा डॉक्टर कैसे हो सकता है? ख़ैर, पहले वैद्य सचमुच की दवा देते थे, नुस्ख़ा लिखकर नहीं। वैद्य ने सोचा, अब यह किसान पैसे-वैसे तो देने से रहा, सो मुफ़्त में क्यों दवा दें, लिखकर दे देते हैं, ख़ुद किसी पंसारी से ख़रीद लेगा। ख़रीदे-न ख़रीदे मुझे क्या?।

लेकिन किसान को क्या पता दवा भी ख़रीदनी थी। वह जल्दी-जल्दी अपने गांव पहुंचा। घर जाकर लोट-भर पानी लिया और काग़ज़ का टुकड़ा अर्थात नुस्खा ही उसमें डालकर गटागट हलक से नीचे उतार लिया। काग़ज़ का पूर्जा और पानी पेट में पहुंचने की देर थी कि किसान कुलांचे भरने लगा।

जब पत्नी ने पूछा कि अब तबीयत कैसी है, तो कहने लगा, "क्या साबुन लगाने से मैल नहीं कटेगा? जब दवा ली है तो तबीयत तो ठीक होनी ही थी। सो ठीक है।"

यह होता है विश्वास का चमत्कार। कोई भी काम करो पूरे विश्वास के साथ करो। सफलता ज़रूर मिलेगी। उपचार का मूल आधार है विश्वास। दवा के साथ या दवा के बिना भी रोग-मुक्त होने का विश्वास ही रोगी को शीघ्र रोग-मुक्त तथा स्वस्थ करता है।

9. रचनात्मक आत्म–सुझाव

मन द्वारा उपचार की प्रक्रिया में रचनात्मक आत्म-सुझाव या 'निश्चयात्मक स्वीकारोक्ति' महत्त्वपूर्ण तत्त्व है। जाने-अनजाने हम अपने मन में उठनेवाले विभिन्न विचारों द्वारा अपने अवचेतन को प्रभावित करते रहते हैं। रचनात्मक आत्म-सुझाव में हम अपने चेतन मन द्वारा उत्पन्न निश्चित विचारों से अपने अवचेतन मन के विचारों, विश्वासों तथा अनुभवों को नियन्त्रित करते हैं। विचारों में आनेवाली भाषा का स्तर भी इस दिशा में महत्त्वपूर्ण भूमिका अदा करता है।

सकारात्मक शब्द विश्वास के स्तर में वृद्धि करते हैं तथा विश्वास सकारात्मक भावना व मनःस्थिति उत्पन्न करता है और भावना द्वारा ही शारीरिक स्थिति, स्वास्थ्य तथा सम्पन्नता के स्तर का निर्माण होता है। हमारे विचार भाषा को प्रभावित करते हैं तथा भाषा विचारों को। स्वस्थ सकारात्मक विचारोंवाले व्यक्ति की भाषा भी सकारात्मक तथा ऊर्जा से भरी होती है। शब्दों का अर्थात भाषा का स्वयं के मन पर तथा दूसरों के मन पर सीधा प्रभाव पड़ता है, इसलिए भाषा के स्तर को बदल करके भी हम मन को प्रभावित कर सकते हैं, विशेष रूप से उपचार की प्रक्रिया में रचनात्मक आत्म-सुझाव के द्वारा। इस प्रक्रिया में हम विभिन्न शब्दों और वाक्यों की मानसिक पुनरावृत्ति करते हैं।

इसे निश्चयात्मक स्वीकारोक्ति भी कहा गया है, क्योंकि इसमें अपनी बात को मनवाने का; अपनी इच्छा को पूरा करने का तथा अपनी बात पर (स्वीकारोक्ति पर) दृढ़ रहने का निश्चय किया जा चुका है। निश्चयात्मक स्वीकारोक्ति के साथ-साथ मन में उसी के अनुरूप कल्पना-चित्र या भावना का निर्माण भी ज़रूरी है।

'मन्त्र चिकित्सा' या 'मन्त्र योग' में भी किसी मन्त्र विशेष का स्वर के साथ या मानसिक पाठ किया जाता है। मन्त्र का मन में दोहराना निश्चयात्मक स्वीकारोक्ति ही तो है।

सम्बन्धों को सुधारने तथा नए उपयोगी सम्बन्धों का निर्माण करने में भी यह प्रक्रिया बहुत सहायक है। इसके लिए निश्चित मानसिक बातचीत तथा कल्पना व मन की आंखों से देखने का सहारा लिया जाता है।

यदि आप किसी व्यक्ति से घृणा करते हैं, लेकिन उससे सम्बन्ध सुधारना चाहते हैं, तो सबसे पहले उसको अच्छी तरंगें भेजें, प्रेम की तरंगें। उसके प्रति मन में प्रेम के भाव पैदा करें। मन में कल्पना करें कि आप मुस्कुराते हुए उस व्यक्ति पर ताज़ा-सुगन्धित गुलाब के फूलों की कोमल-कोमल पंखुड़ियों की वर्षा कर रहे हैं और उससे गले मिल रहे हैं तथा कह रहे हैं, "मैं तुमसे बेहद प्रेम करता हूं।" इस वाक्य को महसूस करना तथा इसकी मानसिक पुनरावृत्ति ही निश्चयात्मक स्वीकारोक्ति है।

10. पराभौतिक ऊर्जा का उपयोग तथा शरीर में ऊर्जा के प्रवाह का सन्तुलन

हमारे चारों ओर ऊर्जा का अक्षय भंडार है। इस ऊर्जा को मोटे तौर पर हम दो भागों में बांट सकते हैं: एक वह ऊर्जा जिसको विज्ञान द्वारा जाना जा सकता है, जिसकी व्याख्या की जा सकती है और जिसका वैज्ञानिक नियमों के अनुसार उपयोग किया जा सकता है अर्थात भौतिक ऊर्जा।

दूसरी ऊर्जा वह है, जो अभी तक विज्ञान के नियमों द्वारा बंधी नहीं है। और न ही उसका उपयोग किन्हीं नियमों के आधार पर सम्भव है। वह है। पराभौतिक ऊर्जा। इसी पराभौतिक ऊर्जा; जो विज्ञान के निश्चित नियमों से बंधी नहीं है; का उपयोग हम अपने जीवन को बेहतर और सन्तुलित बनाने के लिए आध्यात्मिक साधना के माध्यम से करते हैं। यही ऊर्जा आध्यात्मिक ऊर्जा या दिव्य ऊर्जा भी कहलाती है। इसी ब्रह्मांडीय ऊर्जा का उपयोग रेकी, प्राणिक हीलिंग, ध्यान तथा सम्मोहन की विभिन्न क्रियाओं व उपचार की मन तथा भावना से उत्पन्न अन्य पद्धतियों में किया जाता है। ऊर्जा ही हमारे मनोभावों को नियन्त्रित करती है।

पराभौतिक बाहरी ऊर्जा के साथ-साथ हम अपने शरीर की आन्तरिक ऊर्जा के प्रवाह को भी अखंडित बनाए रखने का अभ्यास करते हैं।

हमारे अन्दर नकारात्मक भाव शरीर में ऊर्जा के असन्तुलन के कारण ही पैदा होते हैं और ऊर्जा का असन्तुलन नकारात्मक विचार प्रवाह के कारण उत्पन्न होता है। वास्तव में शरीर में ऊर्जा के प्रवाह का सन्तुलन घातक नकारात्मक भावों के नियन्त्रण द्वारा ही सम्भव है।

सकारात्मक विचार और स्वास्थ्य (आभामंडल विस्तार)

प्रकृति परिवर्तनशील है उसी प्रकार मनुष्य का शरीर भी। शरीर में लगातार जीव-रासायनिक (Bio-Chemical) तथा विद्युत-चुम्बकीय (Electro-magnetic) प्रतिक्रियाएं होती रहती हैं, जिनके फलस्वरूप हमारे शरीर के चारों ओर एक अदृश्य घेरा, जिसे आभामंडल (Aura) कहते हैं, बन जाता है। आभामंडल का निर्माण करनेवाली किरणें हमारे स्वास्थ्य का दर्पण होती हैं।

मनुष्य का आभामंडल उसके स्वास्थ्य के अनुरूप सन्तुलित या असन्तुलित पाया जाता है। मनुष्य का आभामंडल जितना फैला होगा अर्थात आभामंडल का घेरा जितना अधिक लम्बा-चौड़ा होगा (जो अक्सर अंडाकार स्थिति में मनुष्य के चारों ओर बना होता है) मनुष्य उतना ही स्वस्थ तथा आनन्दित अनुभव करेगा। रोगों का प्रहार भी सर्वप्रथम मनुष्य के आभामंडल को ही प्रभावित करता है, इसलिए आभामंडल के चित्र द्वारा व्यक्ति के भविष्य में होनेवाले रोग के विषय में सही-सही जानकारी प्राप्त कर उसका पहले ही उपचार किया जा सकता है।

एक ही व्यक्ति का आभामंडल विभिन्न मनोदशाओं में अलग-अलग माप का पाया जाता है। जब एक व्यक्ति की सकारात्मक विचारयुक्त मनोदशा तथा प्रसन्नचित्त अवस्था में आभामंडल का विस्तार नापा जाता है, तो वह हमेशा उसी व्यक्ति के उसके फ़ौरन बाद के समय की काल्पनिक

नकारात्मक विचारयुक्त मनोदशा तथा खिन्न अवस्था में नापे गए आभामंडल की नाप से काफ़ी अधिक पाया जाता है।

आभामंडल का विस्तार हम डाउज़िंग रॉड्स द्वारा आसानी से ज्ञात कर सकते हैं।

इस प्रकार सिर्फ़ सकारात्मक विचारों द्वारा हम अपने आभामंडल का विस्तार कर अपने मन की शक्ति द्वारा स्वस्थ बने रह सकते हैं तथा रोग होने की दशा में उपचार कर सकते हैं। सकारात्मक विचारों का लगातार प्रवाह मनुष्य के उत्तम स्वास्थ्य तथा सफलता की निश्चित गारंटी है। यही एक प्रकार से ऊर्जा के प्रवाह को सन्तुलित करना है।

ध्यान के विभिन्न तत्त्वों के अभ्यास द्वारा हम मन की विभिन्न वृत्तियों का नियन्त्रण तथा संस्कार कर शरीर में ऊर्जा के प्रवाह को सन्तुलित कर सकते हैं तथा इसी सन्तुलन के द्वारा सम्पूर्ण आरोग्य या मनचाही दिशा में सफलता प्राप्त कर सकते हैं।

मन द्वारा उपचार के विभिन्न सोपान या तत्त्व एक-दूसरे से आपस में इतने अभिन्न हैं कि एक के अभाव में दूसरे की कल्पना भी नहीं की जा सकती। मौन के अभाव में शिथिलता या तनाव-मुक्ति या विचार-प्रक्रिया को नियन्त्रित करना असम्भव है। यदि विचार-प्रक्रिया को नियन्त्रित कर सकेंगे या एकाग्रता की स्थिति प्राप्त कर लेंगे, तो मौन स्वतः व्याप्त हो जाएगा। मनचाही दिशा में एकाग्रता का मतलब है, आप तनाव-मुक्त हैं।

यदि आप किसी घटना की कल्पना कर पा रहे हैं, तो आंखें खुली होने पर भी आसपास के बाहरी जगत से कट जाएंगे। यदि आप फ़ौरन एल्फा लेवल में पहुंच जाते हैं, तो इसका अर्थ है इससे पूर्व के सभी तत्त्व या सीढ़ियां जैसे मौन आदि आप पार कर चुके हैं; उन तत्त्वों को प्राप्त कर चुके हैं इसलिए उपरोक्त सभी तत्त्वों को समग्र रूप से अपनाकर अभ्यास करना चाहिए।

साधना के लिए
समय, स्थान तथा परिवेश

अभ्यास के लिए हमें उपयुक्त समय, स्थान तथा परिवेश का चुनाव करना चाहिए। हमारे ऋषि-मुनि पहाड़ों की गुफाओं में तपस्या या साधना करते थे। इसका एक लाभ तो यह था कि पहाड़ों पर ठंड होने से साधना करना आसान होता था तथा साथ ही गुफा आदि बन्द स्थान पर अधिक ठंड नहीं लगती।

एक अन्य महत्त्वपूर्ण बात यह है कि गुफा आदि स्थानों पर वात प्रवाह नहीं होता, जिससे साधना के दौरान एकत्र ऊष्मा तथा ऊर्जा आस-पास बनी रहती है तथा रुकावट भी उत्पन्न नहीं होती।

साधना के लिए हमें चाहिए कि हम एकान्त स्थान का चुनाव करें, जहां हम घंटों भी बैठे, तो कोई हमें परेशान न कर सके। यह स्थान शोर-शराबे से भी दूर होना चाहिए। इस स्थान पर टेलीफ़ोन, कॉलबैल, फ्रिज़ या कम्प्यूटर आदि इलेक्ट्रॉनिक उपकरण नहीं होने चाहिए। यदि हैं, तो इन्हें बन्द कर दें।

यह स्थान ठंडा होना चाहिए, लेकिन हवा का तेज़ प्रवाह बिल्कुल नहीं होना चाहिए। तेज़ प्रकाश भी ज़रूरी नहीं है। कम रोशनी या अंधेरा अच्छा रहता है। इस स्थान पर घुटन बिल्कुल नहीं होनी चाहिए। यदि साधना

सामूहिक रूप से की जा रही हो, तो व्यक्तियों की संख्या के अनुसार स्थान भी काफ़ी होना चाहिए।

साधना के लिए ज़मीन या फ़र्श आदर्श स्थल हैं, लेकिन आवश्यकतानुसार पलंग, कुर्सी, गद्दे या कुशन आदि का इस्तेमाल किया जा सकता है। कुछ अभ्यास ज़मीन पर या पलंग पर लेटकर तथा कुछ कुर्सी आदि पर सुविधानुसार किए जा सकते हैं।

शान्त स्थान की तरह शान्त समय का भी चुनाव करना चाहिए। वैसे तो। आज के व्यस्त जीवन में सुविधानुसार जब चाहे अभ्यास कर लें, लेकिन सुबह का समय उत्तम है। वैसे भी सुबह साधना करनेवालों को बड़ी सुविधा रहती है। जल्दी उठकर रोज़ के कामों से फुर्सत पाकर यदि व्यायाम आदि करते हैं, तो व्यायाम या योगासन आदि के बाद साधना करें।

साधना के बाद व्यायाम आदि बिल्कुल न करें। ध्यान या साधना के बाद थोड़ी देर बाद ही नाश्ता करें, तुरन्त बाद नहीं। भोजन के फ़ौरन बाद भी साधना मना है। कहने का मतलब यह है कि व्यायाम, ध्यान-साधना आदि से पहले तथा एकदम बाद में भोजन आदि न करें।

साधना-स्थल साफ़-सुथरा तथा स्वच्छ होना चाहिए। वहां किसी प्रकार की गन्दगी, कूड़ा-करकट या बेकार की चीज़ें नहीं होनी चाहिए। दीवारें भी एकदम साफ़-सुथरी हों तथा चित्र इत्यादि हों, तो अवसर के अनुसार। मन को भटकानेवाली या उलझानेवाली कला-कृतियां (Abstract Paintings) बिल्कुल नहीं होनी चाहिए। प्रकृति के सुरम्य चित्र या फूलों के पौधे इत्यादि हों, तो बहुत अच्छा है।

आस-पास किसी प्रकार की दुर्गन्ध या तेज़ कृत्रिम गन्ध नहीं होनी चाहिए। प्राकृतिक गन्ध जो मनोनुकूल हो, साधना में सहायक होती है। ताज़ें फूलों या वनस्पतियों की गन्ध अच्छी होती है। धूप, अगरबत्ती तथा कपूर आदि का

इस्तेमाल किया जा सकता है। बन्द स्थान या कमरा हो तो धूप जलाने से परेशानी हो सकती है। कपूर का इस्तेमाल करना चाहिए, लेकिन जलाकर नहीं बल्कि गर्म करके। इसके लिए मच्छर भगानेवाली मैट मशीन का इस्तेमाल करें।

साधना में गन्ध का महत्त्वपूर्ण स्थान है। यदि साधना के समय आप नियमित रूप से किसी गन्ध का इस्तेमाल करते हैं, लेकिन किसी समय साधना का मन न हो, तो भी उस गन्ध को सूंघने के बाद आप साधना के लिए स्वतः एकदम तैयार हो जाएंगे। गन्ध आपको साधना के लिए प्रेरित करेगी।

साधना के समय शरीर स्वच्छ होना चाहिए। पसीने की बदबू आपके ध्यान को एकाग्र होने में बाधा उत्पन्न करेगी। अधिक गर्मी, पसीना, चिपचिपाहट, तेज़ लू, हवा की सरसराहट तथा तेज़ सर्दी भी आपका ध्यान अपनी ओर खींचेंगे। इसलिए सही स्थान का चयन आवश्यक होने के साथ-साथ तेज़ सर्दी से बचाव के लिए पर्याप्त वस्त्रों का चुनाव भी आवश्यक है।

साधना के समय मल-मूत्र आदि का दबाव भी नहीं होना चाहिए। एक बार आपको ध्यान-साधना की आदत पड़ जाए, तो कम सुविधाजनक स्थितियों में भी आप बख़ूबी अभ्यास कर लेंगे।

साधना नियमित रूप से की जानी चाहिए, लेकिन किसी कारण से यदि साधना में रुकावट आ जाए, तो इसका अर्थ यह नहीं कि आप साधना दोबारा शुरू ही नहीं कर सकते। जितनी बार व्यवधान उत्पन्न हो, हर अगली बार ज़्यादा गम्भीरता से साधना शुरू कर दें। प्रतिदिन एक ही समय पर साधना करें, तो उसका प्रभाव ज़्यादा अच्छा होता है।

और यदि आप अभ्यास के लिए एक निश्चित स्थान का चुनाव करने के बाद प्रतिदिन उसी स्थान पर अभ्यास करते हैं तो बहुत अच्छी बात है, लेकिन उससे भी अच्छी बात यह है कि आप करें ज़रूर, कहीं भी करें किसी समय भी करें।

जब आपको आनन्द आएगा, तो आप नियमित रूप से एक ही स्थान पर; एक नियत समय पर अभ्यास करना शुरू कर देंगे। वस्त्र आरामदायक हों, टाइट न हों। कमर में बैल्ट; अंगूठी, घड़ी तथा अन्य आभूषण आदि न पहने हों, तो ठीक है। शरीर पर कोई वस्त्र या आभूषण यदि किसी भी तरह आपका ध्यान आकर्षित करते हैं या परेशान करते हैं, तो उनको पहनने से ध्यान में बाधा उत्पन्न होगी ही। सरसराहट पैदा करनेवाले, खुजली पैदा करनेवाले, सिन्थेटिक या रेशमी या अन्य प्रकार के कपड़ों की अपेक्षा सूती कपड़े साधना के लिए उत्तम हैं।

यहां एक प्रश्न उठता है कि यदि उपयुक्त स्थितियां न हों, तो क्या साधना सम्भव ही नहीं है? साधना के लिए उपर्युक्त स्थितियां आवश्यक हैं विशेषकर शुरू में साधना सीखने के समय। इसके लिए ज़रूरी है कि जब हम सीखना शुरू करें, तो सही स्थितियों में ही शुरू करें। इसके लिए कोलाहल से दूर शान्त स्थानों पर चले जाएं। पार्कों में या शहर से बाहर भी जा सकते हैं; आश्रमों में या साधनालयों में। एक बार ध्यान लगाने का अभ्यास शुरू हो गया, तो कम अनुकूल परिस्थितियों में भी अभ्यास करना सम्भव हो सकेगा।

आत्मपरक अधिगम तथा वस्तुपरक अधिगम (Subjective Learning and Objective Learning)

रचनात्मक आत्म-सुझाव या निश्चयात्मक स्वीकारोक्ति प्रणाली को हम बीटा लेवल अर्थात मन के चेतन स्तर पर या अल्फा लेवल अर्थात मन के अवचेतन स्तर पर इस्तेमाल कर सकते हैं।

जब मन द्वारा मस्तिष्क की यह प्रोग्रामिंग बीटा लेवल पर कर की जाती है, तो इसे वस्तुपरक दृष्टिकोण कहते हैं, लेकिन जब यह प्रोग्रामिंग अल्फा लेवल पर की जाती है, तो उसे आत्मपरक दृष्टिकोण कहते हैं। असर डालने की दृष्टि से आत्मपरक दृष्टिकोण उत्तम कोटि का है। यह न केवल व्यक्ति के

सन्दर्भ में उचित है, बल्कि एक समाज, एक राष्ट्र के विषय में भी उतनी ही सही है। 'न्यू थिंकिंग फ़ोर द न्यू मिलेनियम' के लेखक ऐडवर्ड डिबोनो का कहना है कि "**पिछली सहस्राब्दि हमारे लिए कोई बड़ी सफलता नहीं है। हमने विज्ञान और तकनीकी ज्ञान में प्रगति की है, लेकिन मानव व्यवहार में नहीं।**"

इस दौरान युद्ध, उत्पीड़न, संघर्ष, द्वन्द्व, विरोध, भेद-भाव, अन्याय तथा दरिद्रता का साम्राज्य रहा है। यह सम्भवतः कमज़ोर सोच के कारण हुआ। उनका विश्वास है कि हम वास्तव में चिन्तन के अपने श्रेष्ठ, किन्तु सीमित साधन या तरीक़े के कारण पिछड़े रहे। उनका मानना है कि पिछली सहस्राब्दि की सोच का 'चिन्तन क्या है?' से सम्बन्धित है, जो कि विश्लेषण, आलोचना तथा तर्क-वितर्क का चिन्तन है।

जो चिन्तन हमने पर्याप्त रूप से विकसित नहीं किया है, वह 'क्या हो सकता है?' के चिन्तन से सम्बन्ध रखता है। यही संघर्ष तथा समस्याओं का नियोजन उन्नत पद्धति से करता है। इसमें सर्जन पर बल दिया है, न कि निर्णय पर। यह एक आत्मपरक उपागम या दृष्टिकोण है। एक दृष्टिकोण, जिसमें मस्तिष्क के दाएं गोलार्द्ध का इस्तेमाल है, एक उपागम जो पदार्थ की भीतरी परतों से बाहरी परतों की ओर काम करती है। इसमें सम्मिलित है, हमारे मन की उपचारक शक्ति।

आत्मपरक उपचार तथा वस्तुपरक उपचार
(Subjective Healing and Objective Healing)

जब उपचार-कार्य सम्पन्न करने के लिए भौतिक संसाधनों का इस्तेमाल किया जाता है, तो यह उपचार वस्तुपरक उपचार (Objective Healing) कहलाता है। जैसे सिरदर्द होने पर सिरदर्द को दूर करने के लिए कोई गोली लेना या बाम इत्यादि मलना। इसके अलावा जब उपचार की प्रक्रिया में मानसिक संसाधनों या शक्ति का इस्तेमाल किया जाता है, तो वह आत्मपरक उपचार (Subjective Healing) होता है।

इसी में मन द्वारा उपचार की विभिन्न विधियों का सहारा लिया जाता है। जहां तक स्वास्थ्य को क़ायम रखने की बात है, आत्मपरक उपचार पद्धति सबसे अच्छी है। यदि आप स्वस्थ हैं और भविष्य में भी स्वस्थ बने रहना चाहते हैं, तो अपने मन में इस बात को दृढ़ता से बिठा लीजिए कि 'मैं पूर्ण रूप से स्वस्थ हूं।'

'आज आप पूरे स्वस्थ हैं, फिर भी चिन्ता कर रहे हैं कि कहीं कल बीमार न हो जाऊं। जितना आप अपने स्वास्थ्य के बारे में सोचते हैं, उससे अधिक विभिन्न बीमारियों और उनके लक्षणों के विषय में सोचते हैं और उनसे अपनी तुलना करते-करते बीमारियां मोल ले लेते हैं।

रेकी का एक सिद्धान्त है, 'केवल आज के लिए चिन्ता मत कीजिए'। जब भी आपको स्वास्थ्य सम्बन्धी चिन्ता हो, तो इस नियम का पालन कीजिए। चिन्ता का नाम भी मत लीजिए। बार-बार मन में दोहराइए: "आज मैं पूर्ण रूप से स्वस्थ और प्रसन्नचित्त हूं।" यदि कोई छोटी-मोटी शिकायत है, तो खान-पान में थोड़ा-बहुत परिवर्तन कर लीजिए। सादा हलका भोजन लीजिए। पानी ख़ूब पीजिए और अनुभव कीजिए कि मैं अच्छा हो रहा हूं। बताए गए तरीक़े से मन में दोहराइए: "प्रतिक्षण मेरा स्वास्थ्य अच्छा और अच्छा हो रहा है।"

मेरे पास कई ऐसे पत्र आए, जिनमें पूछा गया कि तेज़ पीड़ा की हालत में कोई कैसे मन की शक्ति का उपयोग कर उपचार कर सकता है? प्रश्न बिल्कुल उचित है। तेज़ दर्द या भयंकर रोग की स्थिति में उपचार की आदर्श स्थिति वास्तव में वस्तुपरक उपचार तथा आत्मपरक उपचार दोनों को साथ-साथ इस्तेमाल करके प्राप्त की जा सकती है, जिससे पदार्थ की बाहरी सतह से आन्तरिक दिशा में तथा आन्तरिक दिशा से बाहर की ओर साथ-साथ रूपान्तरण सम्भव हो सके। यहां रूपान्तरण का अर्थ है, मन में विचारों को परिवर्तित कर उन्हें सही दिशा देकर शरीर को बदलना या रोग-मुक्त करना।

जंगलों में लगी भयंकर आग को बुझाने के लिए जिस तरफ़ आग बढ़ रही हो, उस तरफ़ से कुछ दूरी से आग की दिशा में बढ़नेवाली और आग लगा दी जाती है। ये दोनों ओर से बढ़नेवाली आगे बीच में आकर एक-दूसरे से मिलती हैं और वहीं ख़त्म हो जाती हैं। इसी प्रकार रोग दूर करने के लिए बाहरी दवा के साथ-साथ अन्दर की दवा भी ज़रूर करें। ईसा मसीह कहते हैं, "अपने शत्रु को प्रेम करो, जो तुम्हें सताए उसके लिए प्रार्थना करो।"

शत्रु से निपटने के दो तरीके हैं: एक तो यह है कि उसके निकट पहुंच कर दो-दो हाथ कर लिये जाएं और दूसरा उसके और निकट उसके हृदय में स्थान प्राप्त कर लिया जाए। पहला तरीक़ा बाहरी या वस्तुपरक है, जो अस्थायी है और दूसरा तरीक़ा आत्मपरक है, जो अन्दर से काम करता है। पहले तरीक़े में आप शत्रु को तो दबा सकते हैं शत्रुता को नहीं, रोग के लक्षणों को कुछ समय के लिए दबा सकते हैं रोग के कारण को नहीं। रोग का कारण शत्रुता है उसे आत्मपरक उपचार से खत्म कीजिए।

निश्चयात्मक स्वीकारोक्ति चिकित्सा

मन द्वारा उपचार की प्रक्रिया में 'निश्चयात्मक स्वीकारोक्ति' (Affirmation) या 'रचनात्मक आत्म-सुझाव' (Constructive Auto-suggesion) का महत्त्वपूर्ण स्थान है। मन द्वारा उपचार में यह एक महत्त्वपूर्ण तत्त्व या घटक ही नहीं है, बल्कि अपने-आप में एक सम्पूर्ण उपचार पद्धति भी है और मन द्वारा उपचार के सभी तत्त्व इसमें समाहित हैं। इसे 'रीकंडीशनिंग थैरेपी' भी कहते हैं, क्योंकि इस विधि द्वारा मन में जिन अवांछित घातक या नकारात्मक विचारों की कंडीशनिंग हो चुकी है, उनको मन से निकालकर मनचाहे नए, उपयोगी या सकारात्मक विचारों की पुनः कंडीशनिंग की जाती है। यह ब्रेन वाशिंग जैसी पद्धति है। मन की धुलाई की जाती है, जिससे पुराने विचारों के प्रभाव या संस्कार कमज़ोर होकर समाप्त हो जाते हैं तथा नए संस्कार निर्मित होते हैं।

हमारा वर्तमान स्वास्थ्य, वर्तमान बीमारी या पीड़ा, वर्तमान जीवन-प्रवाह तथा समूची वर्तमान सामाजिक व आर्थिक स्थिति हमारी पिछली सोच, हमारे पिछले चिन्तन का परिणाम है। जो हमने पीछे सोचा उसी की मन में फ़ीडिंग का, उसी कंडीशनिंग का परिणाम हमारा वर्तमान है, तो वर्तमान की सोच, वर्तमान के चिन्तन तथा कंडीशनिंग का कल पर या आनेवाले हर क्षण पर ज़रूर प्रभाव पड़ेगा। इसके लिए आवश्यक है कि मन की पिछली कंडीशनिंग को प्रभावहीन किया जाए तथा पुनः सही कंडीशनिंग की जाए। इस सारी प्रक्रिया में दो बातें प्रमुख हैं। एक है डीकंडीशनिंग तथा दूसरी रीकंडीशनिंग।

1. डीकंडीशनिंग (Deconditioning): इस अवस्था में सबसे पहले हम अपने अवचेतन मन की ग़लत धारणाओं की पहचान कर उनसे छुटकारा पाते हैं। इसके लिए सबसे पहले हम किसी भी ध्यान-पद्धति या मेडिटेशन के द्वारा शरीर तथा मन को शान्त कर लेते हैं। यह वह अवस्था है, जब मन-रूपी पात्र में पड़े बेकार बासी भोजन को निकालकर उसे ख़ाली कर लिया जाता है तथा उपयोगी ताज़ा भोजन डालने के लिए मांज-धोकर स्वच्छ कर लिया जाता है। जब तक हम मन-रूपी पात्र में से काम न आने वाले पदार्थ-रूपी ग़लत विचार बाहर नहीं निकाल फेंकेंगे, तब तक उसमें मनचाहे उपयोगी विचार नहीं डाल सकेंगे। डालने का प्रयास करेंगे, तो वह निरर्थक होगा। उपयोगी पदार्थ बाहर बिखरते चले जाएंगे।

इसलिए मन-रूपी पात्र को ख़ाली तथा स्वच्छ करना आवश्यक है। यही मन की डीकंडीशनिंग है। शरीर तथा मन की शान्त, निश्चल तथा तनाव-मुक्त अवस्था में मन में दबे विकार या अनुपयोगी ग़लत धारणाएं निकलकर बाहर हो जाती हैं। मन बीज बोने के लिए तैयार भूमि की तरह हो जाता है।

2. रीकंडीशनिंग (Reconditioning): एक बार पात्र के ख़ाली तथा स्वच्छ होने की देर है, उसके बाद उसमें मनचाहे उपयोगी पदार्थ डालना बहुत सरल है। मन-रूपी पात्र के स्वच्छ होने पर उसमें उपयोगी विचार-रूपी

पदार्थ सावधानी से डालें, ताकि मनचाही बाहरी स्थिति यथा अच्छा स्वास्थ्य, रोग-मुक्ति, उत्साह, प्रभावशाली व्यक्तित्व तथा सम्पन्नता की प्राप्ति सम्भव हो सके और इसके लिए मनचाहे सकारात्मक तथा आशावादी विचारों द्वारा मन को फिर से भरना ही मन की रीकंडीशनिंग है।

रचनात्मक आत्म-सुझाव भी यही है, क्योंकि इसमें भी स्वयं को अच्छे सुझाव दिए जाते हैं, जिससे बुरे विचार बदल जाएं। लेकिन इसकी भी वही प्रक्रिया है अर्थात पहले पुराने विचारों से मुक्ति तथा उसके बाद नए सुझाव। ये सुझाव कुछ सकारात्मक वाक्यों के रूप में ही होते हैं और यही वाक्य निश्चयात्मक स्वीकारोक्तियां हैं।

गौतम बुद्ध के अनुसार चार आर्य सत्य हैं:

1. दुख है,

2. दुख का कारण है,

3. दुख का निदान है,

4. वह मार्ग भी है, जिससे दुख का निदान सम्भव है।

गौतम बुद्ध के मतानुसार आष्टांगिक मार्ग ही वह मध्यम मार्ग है, जिससे दुखों का निदान होता है। इस आष्टांगिक मार्ग में से एक अंग है – 'सम्मा वायामो' अर्थात सम्यक् व्यायाम। व्यायाम का अर्थ शारीरिक व्यायाम नहीं, बल्कि मन का व्यायाम है। मन की साधना है। इसमें चार बातें हैं -- पहली बात तो यह कि हमारे अन्दर जो दुर्गुण हैं, वे दूर हो जाएं। दूसरी बात यह कि नए दुर्गुण पैदा न हों। तीसरी यह कि सद्गुण बने रहें तथा चौथी यह कि नए गुण भी विकसित होते रहें। डीकंडीशनिंग द्वारा हम दुर्गुणों से मुक्ति पा सकते हैं तथा रीकंडीशनिंग द्वारा हम सद्गुणों का विकास कर सकते हैं।

यदि हम कहें कि सद्गुणों या उपयोगी भावों का विकास हो रहा है, तो

स्वतः दुर्गुणों या अनुपयोगी भावों का ह्रास भी हो रहा है। इसलिए लगातार डीकंडीशनिंग तथा रीकंडीशनिंग द्वारा हम 'सम्यक् व्यायाम' की स्थिति को प्राप्त कर सकते हैं। यही व्यक्तित्व का फिर से निर्माण है तथा व्यक्ति का रूपान्तरण है।

इस सारी प्रक्रिया को हम 'संकल्प योग' या 'संकल्प-शक्ति चिकित्सा' भी कह सकते हैं। जब हम दृढ़-निश्चय के साथ किसी शब्द या वाक्य को दोहराते हैं, तो उसकी एक छवि हमारे मानस पर बन जाती है। यदि कोई व्यक्ति बार-बार दोहराता है: 'मैं सदा सत्य बोलता हूं', तो उस व्यक्ति के मन में सत्यवादी हरिश्चन्द्र, गांधी जी या अन्य किसी सत्य के महान प्रेमी व्यक्ति की तस्वीर फ़ौरन उभरती है।

प्रत्येक छवि या विचार एक रासायनिक सन्देश शरीर की प्रत्येक कोशिका की संचेतना को प्रेषित करता है और मस्तिष्क की कोशिकाओं (न्यूरॉन्स) को जैसी सूचना दी जाती है, वह फ़ौरन उसी दिशा में सक्रिय होकर सूचना के अनुसार व्यवहार शुरू कर हमारे शरीर या व्यक्तित्व में उन विशेषताओं को डालकर ही दम लेती हैं। इसमें कितना समय लगता है, यह हमारी इच्छा-शक्ति तथा अपने विचारों को फ़ीड करने की हमारी तेज़ी तथा यथार्थता पर निर्भर है। कोई भी संकल्प लेने पर हमारे मस्तिष्क में मौजूद न्यूरॉन्स सक्रिय हो उठते हैं।

यदि संकल्प-शक्ति कमज़ोर है, तो मस्तिष्क में मौजूद सभी न्यूरॉन्स सक्रिय नहीं हो पाते, लेकिन यदि संकल्प-शक्ति में दृढ़ता है, तो एक के बाद एक सभी न्यूरॉन्स सक्रिय हो उठते हैं और दृढ़ संकल्प-शक्तिवाला व्यक्ति कठिन-से-कठिन काम करने में समर्थ हो जाता है। मन की संकल्प-शक्ति एक सूक्ष्म तत्त्व है, परन्तु इसका प्रभाव स्थूल रूप में प्रकट होता है।

निश्चयात्मक स्वीकारोक्ति भी एक प्रकार से संकल्प करना ही तो है। इसमें भी दृढ़-निश्चय के साथ अच्छे की प्रतिज्ञा की जाती है। अच्छे की

प्रतिज्ञा का अर्थ है, बुरे का अदृश्य हो जाना। इसे 'भावना योग' भी कह सकते हैं। मन में उपयोगी तथा उचित भावनाओं का निर्माण। भावना से गुण संक्रमित होते हैं। तुलसीदास जी कहते हैं:

जाकी रही भावना जैसी, प्रभु मूरति देखी तिन तैसी।

स्वास्थ्य की भावना से स्वस्थ होंगे तथा सम्पन्नता की भावना के विकास से सम्पन्नता आएगी। सुरक्षा की भावना आपको तनाव-मुक्त कर आरोग्य प्रदान करेगी तथा असुरक्षा की भावना तनाव में रखेगी। तनाव अर्थात बीमारी।

सकारात्मक भावना आपको प्रसन्नता प्रदान कर सफलता की ओर आगे बढ़ाएगी तथा नकारात्मक भावना दुखी कर असफलता की ओर ले जाएगी। भावनाओं पर नियन्त्रण, अनुपयोगी भावनाओं को ख़त्म कर उपयोगी भावनाओं का विकास, यही रचनात्मक आत्म-सुझाव है।

भावना क्या है? किसी वस्तु के प्रति एकाग्रता तथा तन्मयता। वही क्रम यहां है -- शब्द, छवि तथा रासायनिक सन्देश। भावना द्वारा सन्देश। भावना ही रासायनिक सन्देश है, जो मस्तिष्क की कोशिकाओं को उत्प्रेरित करता है। भावना ही व्यक्तित्व निर्माण का महत्त्वपूर्ण तत्त्व है। मैं जो होना चाहता हूं, उसकी सफलता का मूल भावना ही तो है।

जैसी भावना की जाती है, वैसा ही व्यक्तित्व या स्वास्थ्य निर्मित हो जाता है। ज़रूरत है तो बस भावना की तीव्रता, स्थायित्व तथा पुनरावृत्ति की। इसलिए दृढ़-निश्चय के साथ अच्छे की प्रतिज्ञा कीजिए तथा उसी के अनुसार भावना का निर्माण कीजिए, बुरा स्वयं ग़ायब हो जाएगा।

अपने मन को दृढ़ता प्रदान करने के लिए निम्नलिखित निश्चयात्मक स्वीकारोक्तियां कीजिए:

"मैं अपने अवचेतन मन की शक्ति द्वारा सभी काम कर सकता हूं।"

"मैं उत्तम चुनाव करने की क्षमता रखता हूं।"

"मुझमें चुनाव करने तथा इसे कार्य-रूप में बदलने की शक्ति है।"

"मैं उत्तम स्वास्थ्य, प्रसन्नता, पूरी अनुरूपता तथा सम्पूर्णता का चुनाव करता हूं।"

"मैं प्रेम, प्रकाश, असीमित बौद्धिकता तथा ज्ञान का चुनाव करता हूं।"

"मैं जीवन की इन सभी आशाजनक तथा प्रगतिशील विशेषताओं का चयन करता हूं तथा इन्हें कार्य-रूप में बदलता हूं।"

"केवल सकारात्मक विचार तथा सुझाव ही मेरे मन को किसी भी स्तर पर गहरे प्रभावित करते हैं।"

इन तथा अन्य स्वीकारोक्तियों को कैसे दोहराएं; जिससे मन में इनकी भावना बैठ जाए, इसकी तकनीक आगे दी जा रही है। तकनीक को ध्यानपूर्वक समझकर एक-एक अवस्था का ख़ूब अभ्यास करें, जिससे मनचाही सफलता मिल सके

निश्चयात्मक स्वीकारोक्ति की तकनीकें

1. सबसे पहले आरामदायक स्थिति में बैठिए तथा पूरे शरीर को एकदम तनाव-रहित करने का प्रयास कीजिए। दोनों हाथों के अंगूठों को तर्जनी से छूकर एक हल्का-सा दबाव डालिए तथा हथेलियों का रुख़ ऊपर की ओर कीजिए अर्थात ज्ञानमुद्रा या चिन्मुद्रा में लाकर धीरे-धीरे अपनी दोनों आंखें कोमलता से बन्द कर लीजिए।

2. तीन ख़ूब गहरी और लम्बी सांसें लीजिए। सांसों के मध्य अन्तराल को यथासम्भव लम्बा कीजिए। इसके बाद श्वास-प्रक्रिया को सामान्य होने दीजिए तथा पूरे शरीर में मौन व्याप्त होने दीजिए।

3. 20 से 1 तक की उलटी गिनती कीजिए। जैसे-जैसे आप गिनती गिन रहे हैं, हर बार अधिक शान्त तथा निश्चल हो रहे हैं। गिनती गिनने में कुछ सेकंड का अन्तराल ज़रूर रखें। अपने मन में दोहराएं कि मेरा शरीर और मन पूरी तरह तनाव-मुक्त हैं। इसी स्वीकारोक्ति के साथ-साथ शरीर और मन की इसी अवस्था की भावना भी करें।

4. या तो मन में उलटी गिनती गिनने की प्रक्रिया द्वारा तनाव-मुक्त होने का अभ्यास करें या आगे लिखी हुई तकनीक को अपनाएं – कल्पना

करें कि आप एक शानदार विशाल महल की सीढ़ियों से नीचे उतर रहे हैं, जिन पर मोटे-मोटे मखमली कालीन बिछे हैं। उलटी गिनती गिनते रहिए और एक-एक सीढ़ी बहुत सावधानी के साथ उतरते रहिए।

जैसे-जैसे आप नीचे उतर रहे हैं, आप स्वयं को अधिक-से-अधिक शान्त तथा तनाव-मुक्त अनुभव कर रहे हैं।

5. नीचे पहुंचने पर आप अपने को एकदम शान्त, निश्चल, तनाव तथा चिन्ता से मुक्त अनुभव कर रहे हैं।

6. अब आप कल्पना कीजिए कि नीचे एक बहुत बड़ा और सुन्दर कमरा है, जिसमें एक ख़ूबसूरत गद्देदार क़ालीन बिछा हुआ है। क़ालीन पर एक बेहद अच्छी क़िस्म की कुर्सी रखी है, जो ख़ूब गद्देदार तथा मुलायम है। इस कुर्सी पर बैठते ही आपकी सारी थकान, सारी परेशानियां तथा चिन्ताएं समाप्त हो जाएंगी। धीरे से कुर्सी पर बैठिए। कमरे का पूरा परिवेश आपके बहुत अनुकूल है।

   आपकी त्वचा एक नई ताज़गी का अनुभव कर रही है। अपने पसन्दीदा फूलों की महक से आप प्रसन्न हो रहे हैं। इस अवस्था में आप जो सोचेंगे, जो संकल्प लेंगे, जिन भावनाओं का निर्माण करेंगे वही वास्तविकता में बदल जाएगा। आइए, शान्त भाव से दृढ़ता के साथ अपने मन में इन निश्चयात्मक स्वीकारोक्तियों को दोहराइए:

   * मेरा शरीर और मन बिल्कुल स्वस्थ है।
   * मैं प्रतिदिन हर तरह से बेहतर और बेहतर हो रहा हूं।
   * मेरी त्वचा बहुत चिकनी, सुन्दर, चमकीली तथा साफ़ रंग की है।
   * मेरी आंखें सुन्दर, काली तथा बहुत आकर्षक हैं तथा मेरी आंखों की रोशनी लगातार बढ़ रही है।
   * मेरे बाल काले, घने, सुन्दर तथा रेशम जैसे मुलायम व चमकीले हैं।

* मेरा शरीर इकहरा है तथा सभी अंग स्वस्थ हैं।
* मैं निडर होकर, बहुत सक्रिय, साहसी तथा अनुशासित जीवन जी रहा हूं।
* मैं आत्मविश्वास तथा उत्साह से भरा-पूरा हूं।
* मैं लगातार जीवन के हर क्षेत्र में उन्नति कर रहा हूं तथा मेरे अन्दर एक नई ऊर्जा का संचार हो रहा है।

इस प्रकार अपने स्वास्थ्य तथा व्यक्तित्व के बारे में स्वीकारोक्तियां इस कार्यक्रम के अलग-अलग सत्रों में इस्तेमाल करें। इसके अलावा दूसरे किसी भी विषय में आप अपनी ज़रूरत के अनुसार स्वीकारोक्तियां तैयार कर लें और उन्हें दोहराएं।

स्वीकारोक्तियां तैयार करते समय तथा दोहराते समय निम्नलिखित बातों का ध्यान रखें:

* सभी स्वीकारोक्तियां वर्तमान काल में हों, भूतकाल या भविष्यकाल में नहीं।
* स्वीकारोक्तियों में नकारात्मक शब्दों या वाक्यों का इस्तेमाल न करें।
* जटिल वाक्यों का इस्तेमाल भी न करें। भाषा कोई भी हो, भाव स्पष्ट होने चाहिए।
* वैसे तो आप एक सत्र में जितनी चाहें स्वीकारोक्तियां कर सकते हैं, लेकिन अधिक असर के लिए एक बार में तीन से अधिक स्वीकारोक्तियां न करें।
* एक सत्र या सेशन में जो स्वीकारोक्तियां की जाएं, वे एक ही विषय या समस्या के समाधान से सम्बन्धित हों तो अच्छा रहता है।
* सभी स्वीकारोक्तियों को मन-ही-मन कई बार दोहराएं।

कल्पना-चित्र बनाएं तथा महसूस करें।

* यह प्रक्रिया दिन में कम-से-कम दो बार दोहराएं। सुबह और शाम। सुबह नहा-धोकर पूजा-पाठ के बाद भी कर सकते हैं, लेकिन स्वीकारोक्तियों के फ़ौरन बाद ज़ोर-ज़ोर से भजन-प्रार्थना या मन्त्रोच्चारण न करें। स्वीकारोक्तियों के बाद शान्त निश्चल रहकर अपनी प्रतिज्ञा-रूपी भावना को धीरे-धीरे मन की अतल गहराइयों में उतरने दें, जमने दें।
* यदि आपने कोई मन्त्र आदि किसी गुरु से लिया है, तो सत्र के अन्त में उस मन्त्र का या अन्य किसी मन्त्रादि या 'ॐ' का मानसिक पाठ करें, उसके बाद धीरे-धीरे आंखें खोल दें।

अभ्यास करते रहें। नियमित तथा लगातार अभ्यास से आप सम्पूर्ण आरोग्य, अच्छा स्वास्थ्य, प्रभावशाली व्यक्तित्व, जीवन में अच्छी सामाजिक स्थिति, सम्बन्धों में सुधार तथा अपार सुख-सम्पन्नता प्राप्त कर लेंगे।

शुरू में निश्चयात्मक स्वीकारोक्ति तकनीक के उपरोक्त सारे अभ्यास एक साथ एक ही दिन नहीं किए जा सकते, इसलिए एक-एक अवस्था का अभ्यास करें। सबसे पहले कुछ दिनों तक प्रतिदिन कम-से-कम आधा घंटा मौन रहने का अभ्यास करें। इसके लिए एकान्त स्थान का चुनाव करें, जहां अभ्यास के दौरान कोई बाधा या रुकावट न हो। अभ्यास के दौरान आरामदायक स्थिति में बैठें।

बैठने का सही तरीक़ा

जब भी हम बैठें, एकदम सीधे बैठें। पीठ, गर्दन और सिर तीनों एक सीध में हों। यदि सीधे नहीं हैं, तो सीधे हो जाएं। बार-बार सीधे होने का प्रयास करें। यदि सीधे होने में परेशानी होती है, तो पहले शरीर में सांस भर लें, फिर बहुत ही धीरे-धीरे सीधे हो जाएं। घड़ी में सेकंड की सूई की तरह नहीं, बल्कि मिनट की सूई की तरह। पता ही नहीं चलता कैसे सरकती है।

मिनट की सूई की तरह सहजता अपनाएं अपने जीवन में। सीधे हो जाएं बिल्कुल दीवार की तरह। दीवारें सीधी हैं, तो मकान खड़ा है अन्यथा न जाने किस घड़ी भरभराकर गिर पड़े। थोड़ा-सा झटका भी न सह सके। सीधे बैठते हैं, सीधे खड़े होते हैं और सीधे चलते हैं, तो छोटे-मोटे झटके झेल जाएंगे। दीवारें सीधी हैं, तो भवन-निर्माण में इस्तेमाल की गई सामग्री कमज़ोर होने पर भी चलेगी। कच्ची मिट्टी की झोंपड़ी तथा रेत-गारे की चिनाईवाला मकान भी खड़ा रहेगा, पर दीवारें सीधी हों यह ज़रूरी है। दीवारें सीधी तो मकान सुरक्षित; कमर व गर्दन सीधी तो शरीर स्वस्थ व नीरोग।

अस्वस्थ हैं, तो सबसे पहला काम कीजिए – कमर व गर्दन को सीधा करने का। सही ढंग से बैठने व खड़े होने का अभ्यास कीजिए। सुविधानुसार कुर्सी पर या ज़मीन पर आसन बिछाकर बैठ सकते हैं। योग का कोई भी उचित आसन लगाकर बैठ सकते हैं। अब इस शरीर-रूपी मकान में हवा आने दीजिए। क्रॉस-वेंटिलेशन होने दीजिए।

प्रकृति ने व्यवस्था की है कि हम एक बार नाक के एक ही नथुने से सांस लेते हैं। कभी बाएं से तो कभी दाएं से। कुछ देर के लिए चन्द्र श्वास, तो कुछ देर सूर्य श्वास। कभी ठंडा श्वास, तो कभी गर्म श्वास। श्वास की स्वाभाविक गति को इच्छानुसार बदलना प्राणायाम है। आवश्यकतानुसार ज़रूर बदलिए। इसकी अनेक विधियां हैं। प्राणायाम भौतिक शरीर को मानसिक शरीर से जोड़ता है, स्थूल को सूक्ष्म से जोड़ता है। इससे किसी तरह की बीमारी नहीं हो सकती।

प्राणायाम के लिए पद्मासन, सिद्धासन या सिद्धयोनि आसन तथा वज्रासन की अवस्था अच्छी मानी गई है, क्योंकि इन आसनों द्वारा पीठ, गर्दन और सिर को सीधा रखने में भी सहायता मिलती है। इन आसनों पर बैठने में परेशानी होती है, तो सुखासन पर बैठे या कुर्सी पर बैठे, लेकिन कमर, गर्दन और सिर सीधे हों।

एकाग्रचित्तता

चूंकि मन का स्वभाव चंचल है, इसलिए यह एक स्थान पर नहीं टिकता। ध्यान द्वारा मन का भटकाव नियन्त्रित किया जाता है। ध्यान या एकाग्रता के लिए किसी बाहरी वस्तु या बिन्दु पर आंखें टिकाकर उसे अपलक देखते रहें। पहले स्थूल वस्तु पर ध्यान केन्द्रित करें तथा बाद में क्रमशः सूक्ष्म की ओर आ जाएं।

बीज बोने से पूर्व भूमि के उपजाऊ होने की जांच की जाती है। भूमि की उपजाऊ शक्ति कम होने पर उसमें खाद डाले जाते हैं, भूमि की अच्छी प्रकार जुताई की जाती है, मिट्टी को हमवार किया जाता है, खर-पतवार निकाल दूर किए जाते हैं तथा उचित मात्रा में नमी बरकरार रखी जाती है।

जिस प्रकार बंजर भूमि में बीज बोना बेकार है, उसी प्रकार अशान्त, विचलित तथा राग-द्वेष से भरे मन में कोई विचार, कोई सद्विचार-रूपी बीज अंकुरित ही नहीं हो सकता। अंकुरित हो भी गया, तो पनप नहीं सकता और यदि दो-चार पीली-पीली पत्तियां किसी तरह नज़र भी आ गईं, तो भी फल-फूल तो नहीं हो पाएगा। इस प्रकार कठिन परिस्थितियों में अकाल मृत्यु के अलावा कोई चारा नहीं।

मन को उपजाऊ बनाना आवश्यक है और इसका तरीक़ा है ध्यान या मेडिटेशन। मन उपजाऊ होता है राग द्वेष-रूपी खर-पतवार को जड़ से नष्ट करने पर तथा वर्तमान में स्थित होने पर। इसके लिए प्रतिदिन एक और अभ्यास किया जा सकता है और वह है अनिर्णय का अभ्यास। प्रतिदिन कुछ समय तथा सप्ताह में किसी एक पूरे दिन इसका पालन करें।

किसी भी घटना या स्थिति पर मन में सोच-विचार या मूल्यांकन या वर्गीकरण न करें। विश्लेषण से बचें। किसी भी विषय में किसी भी निर्णय पर पहुंचने की कोशिश न करें। इससे एकाग्रचित्तता की स्थिति प्राप्त करने में सहायता मिलेगी।

तनाव-मुक्त होने के या ऊपर दी गई तकनीक की विभिन्न अवस्थाओं को प्राप्त करने के बहुत-से तरीक़े हैं। आप अभ्यास से जान पाएंगे कि कौन-सा तरीक़ा आपके लिए बेहतर है। आप उसी को चुनकर आगे उसका अभ्यास करें। एकाग्रता के लिए आप किसी बाहरी वस्तु पर ध्यान केन्द्रित कर सकते हैं या आंखें बन्द करके अपने भीतर किसी बिन्दु पर या श्वास-प्रक्रिया पर ध्यान लगा सकते हैं।

महत्त्वपूर्ण यह है कि आप कैसे ज़्यादा लाभ प्राप्त करते हैं। शुरू में आप किसी योग्य प्रशिक्षक के मार्गदर्शन में अभ्यास करें, तो ज़्यादा अच्छा रहेगा।

स्वीकारोक्तियां तथा उनकी पुनरावृत्ति

जहां तक स्वीकारोक्तियों को मानसिक रूप से दोहराने की बात है, शुरू में वह भी सम्भव नहीं है, इसलिए स्वीकारोक्तियों को साफ़-साफ़ लिखकर रख लें तथा शुरू में शान्त भाव से बैठकर इन्हें ध्यानपूर्वक पढ़ें। धीरे-धीरे ये आपको याद हो जाएंगी। स्वीकारोक्तियां याद नहीं हैं, तो भी कोई बात नहीं। आप जो चाहते हैं, आपने जो लिखा है और जिसे दोहराना चाहते हैं, उसका चिन्तन मन में करें। स्वीकारोक्तियां मन में दोहराएं।

मानसिक पाठ करें, बोलें नहीं। इस दौरान आपके होंठ या जीभ न हिलें। इसके लिए खेचरी मुद्रा बहुत लाभदायक है। खेचरी मुद्रा में हम जीभ को ऊपर की ओर उलटकर तालू से सटा लेते हैं। यह मुद्रा एकाग्रता को अधिक गहरा करने में समर्थ है। स्वीकारोक्तियों या भावना के सम्मोहन से धीरे-धीरे बाहर आएं तथा उसके बाद भी कुछ देर शान्त व निश्चल बने रहें।

स्वीकारोक्तियों के लिए एक अन्य अभ्यास

आईने के सम्मुख सीधे खड़े होकर रचनात्मक स्वीकारोक्ति तकनीक: स्वास्थ्य सम्बन्धी स्वीकारोक्तियां आईने के सामने खड़े होकर भी की जा सकती हैं।

शीशे के सामने बिल्कुल सीधे खड़े हो जाएं तनकर। रीढ़ की हड्डी बिल्कुल सीधी हो। कुछ गहरे सांस लेकर अपने-आप को शान्त और निश्चल कर लें तथा आईने में अपने प्रतिबिम्ब की आंखों में आंखें डालकर अपने-आप से मन में कहें कि "मैं स्वस्थ और प्रसन्न रहने में विश्वास करता हूं।" या "मैं खुद को स्वस्थ और प्रसन्न अनुभव कर रहा हूं।"

आईने के सामने खड़े होकर जो सुझाव दिए जाते हैं, उनका शरीर और मन पर अच्छा और शीघ्र प्रभाव पड़ता है।

एक बार में कम स्वीकारोक्तियां ही क्यों?

एक जैसे आकार-प्रकार के दो गमले लें और एक जैसी मिट्टी और खाद के मिश्रण से भर लें। किसी भी पौधे या फूल के एक मुट्ठी बीज लें। एक गमले में सिर्फ़ एक बीज ठीक बीचों-बीच बो दें तथा दूसरे गमले में शेष सभी बीज (मुट्ठी-भर) बो दें। दोनों गमलों में समान रूप से पानी दें तथा बराबर देखभाल करें।

बीजों को अंकुरित होकर बड़ा होने दीजिए और पौधों का ध्यान से निरीक्षण करते रहिए। दोनों गमलों के पौधों में क्या अन्तर दिखाई देने लगा है? समय बीतने के साथ-साथ किस गमले के पौधे का विकास अच्छा हो रहा है? किस गमले के पौधे में फूल-फल आने लगे हैं, यदि दोनों में ही फूल-फल आने लगे हैं, तो किस गमले के पौधे में अच्छे फूल-फल प्रकट हो रहे हैं?

बचपन में विद्यालय में किए गए इस प्रयोग को सचमुच एक बार दोहरा कर देखिए।

हमारा मन भी इन्हीं गमलों के समान है। मन-रूपी गमले में एक बार में एक पौधा या ज़्यादा-से-ज़्यादा दो या तीन पौधे लगाइए। एक बार में तीन स्वीकारोक्तियों से ज़्यादा कभी भी नहीं। सुबह-शाम-दोपहर तीनों वक़्त गमले में पानी डालना न भूलें। सुबह-शाम तो बिल्कुल नहीं भूलें। दिन में

दो या तीन बार दस-दस मिनट के लिए स्वीकारोक्तियों को दोहराएं, उसकी छवि का मन में निर्माण करें तथा उसकी इच्छा करें। गमले में बीज बोने से लेकर पौधे के बड़ा होने तक तथा उसमें फूल-फल आने तक उसकी पूरी देखभाल करना ज़रूरी है।

एक स्वीकारोक्ति कितने दिनों तक करें?

जब भी कोई स्वीकारोक्ति शुरू करें, उसके साथ ही एक गमले में बीज बो दें या एक छोटा पौधा लगा लें और जब तक यह पौधा बड़ा होकर फल न देने लगे, तब तक अभ्यास करते रहें। साधना जारी रखें। सर्दी में बोए गए पौधे की देखभाल वसन्त ऋतु के आने तक करेंगे, तो यह पौधा अपने रंग-बिरंगे ख़ुशबूदार फूलों से आपका मन मोह लेगा, आपके जीवन में एक नया रंग भर देगा।

हमेशा अच्छे बीज बोएं। साफ़-सुथरे स्वस्थ बीज। सकारात्मक-सात्त्विक विचारों के बीज। करुणा, मैत्री, प्रेम तथा सहयोग की भावना का विकास करनेवाले बीज ज़रूर मन में बोएं। अपने मन में निम्नलिखित स्वीकारोक्तियां दोहराएं:

* "मैं सबसे प्रेम करता हूं तथा सब मुझसे प्रेम करते हैं।"
* "मैं सबके साथ सहयोग करता हूं तथा सबका पूरा सहयोग मुझे मिलता
* "मैं अपने सभी काम उत्साह, आत्मविश्वास, ईमानदारी तथा पूरी निष्ठा से अनुशासन में रहकर करता हूं।"

स्वीकारोक्तियों में नकारात्मक भाषा का प्रयोग क्यों नहीं?

जब हमें किसी चीज़ की ज़रूरत होती है, तब हम उसी चीज़ की अपेक्षा और मांग करते हैं, किसी दूसरी चीज़ की नहीं। यदि हमें चाय पीनी है, तो हम यह

नहीं कहते कि मुझे कॉफ़ी नहीं पीनी है या शर्बत नहीं पीना है या रसगुल्ला नहीं खाना है। हम सिर्फ़ चाय पीने की इच्छा व्यक्त करते हैं कि "मुझे चाय पीनी है" या "मुझे चाय चाहिए"।

हम दुकानदार के पास जाकर यह कहें कि मुझे नमक नहीं चाहिए या बेसन नहीं चाहिए या साबुन नहीं चाहिए, बल्कि चीनी चाहिए, तो यह कितना बेवकूफ़ी-भरा होगा। अब दुकानदार पूछेगा कि नमक और बेसन कितना-कितना दें तथा साबुन कौन-सा दूं। आपको जो चाहिए, वही मांगिए। बाक़ी का बखान करने की क्या ज़रूरत है। इससे सिवाय उलझन पैदा होने के और क्या हो सकता है?

आप अपने जीवन में सत्य का सहारा चाहते हैं, तो 'मैं झूठ नहीं बोलता' यह वाक्य क्यों दोहराते हैं? आप 'झूठ से क्यों चिपके हुए हैं? आप 'झूठ' और 'नहीं' जैसे नकारात्मक शब्दों का सहारा क्यों लेते हैं? आपकी दो स्वस्थ तथा मज़बूत टांगें हैं, तो चलने के लिए बैसाखियों की ज़रूरत ही क्या है? बैसाखियां तो कमज़ोर और लंगड़े को सहारा देने के लिए होती हैं। जो व्यक्ति सरपट दौड़ सकता है, बैसाखियां उसकी गति में रुकावट ही पैदा करेंगी।

हम अक्सर कहते हैं कि मेरा मन कहता है कि ऐसा होगा और हमारी सोच के अनुसार घटित हो जाता है। कई बार हम कहते हैं कि मेरा मन कहता है कि ऐसा नहीं होगा, लेकिन फिर भी हो जाता है। लेकिन क्या? यहां यह तथ्य ध्यानपूर्वक जानने तथा समझने की ज़रूरत है कि मन की सोच यदि सकारात्मक है, तो मन के अनुसार होगा, लेकिन यदि मन की सोच नकारात्मक है, तो भी होगा मगर सोच का उल्टा।

मन तो साइकिल के फ्री ह्वील (Free Wheel) की तरह है, जिसे सही दिशा में घुमाने पर साइकिल आगे बढ़ेगी, लेकिन ग़लत दिशा में जितना मर्ज़ी घुमाओ, आगे नहीं बढ़ पाओगे, बल्कि गिर सकते हो तथा चोट लग सकती है। मन की नकारात्मक कंडीशनिंग भारी चोट पहुंचाती है।

इसी प्रकार की स्थिति निषेधात्मक शब्दों के साथ होती है। जब हम कहते हैं कि मैं स्वस्थ हूं, तो उसका सकारात्मक प्रभाव हमारे मन पर तथा सुननेवालों पर पड़ता है, लेकिन यदि हम कहते हैं कि "मैं बीमार नहीं हूं", तो इस वाक्य का उतना सकारात्मक प्रभाव नहीं पड़ता। इसका मतलब लिया जाता है कि कहीं-न-कहीं दाल में कुछ काला है। 'बीमार' और 'नहीं' का इस्तेमाल क्यों? क्या मैं पहले बीमार था या दूसरे मुझे बीमार समझ रहे हैं, इसलिए मैं कह रहा हूं कि मैं बीमार नहीं हूं। यहां बीमार शब्द ही ज़्यादा प्रतिध्वनित हो रहा है और हमारा मन इसी प्रतिध्वनि को, इसी भावना को ग्रहण कर वास्तविकता में परिवर्तित कर देता है।

न्यू टेस्टामेंट में आया है: 'जैसा बोओगे, वैसा काटोगे' अर्थात कांटेदार बबूल का बीज बोने पर मीठा रसदार स्वादिष्ट आम का फल तो उस पेड़ से नहीं मिल सकता। यह तो हुई बाहर की बात जो सबको दिखाई पड़ती है। लेकिन जो दिखाई नहीं देता, उस अन्तर में अर्थात मन में भी जैसा बीज बोओगे, वैसे ही फल काटोगे।

जिसकी ज़मीन पर पेड़ होगा, वही उसके फलों का मालिक होगा। अच्छे-बुरे सभी फल उसी के होंगे। फलों की मिठास भी उसकी होगी तथा कांटों की चुभन भी उसे ही मिलेगी। ठीक इसी प्रकार मन आपका है, उसमें बोए राग-द्वेष, घृणा, अपमान, कटुता, क्रोध, अभिमान, हिंसा, निराशा, उत्साह की कमी आदि के बीजों के कड़वे फल आप नहीं तो और कौन चखेगा?।

इसके विपरीत सुन्दर विचारों के आनन्द प्रवाह के फूल आपके तन-मन को अपनी ख़ुशबू से भरके आपके शरीर की हर कोशिका को स्वस्थ बना देंगे। आपके मन के साथ-साथ आपके भौतिक शरीर की जकड़न, ऐंठन, पीड़ा, ताप-अनुताप तथा और न जाने कितनी बीमारियां हमेशा के लिए बेगानी हो जाएंगी।

मन में हमेशा सकारात्मक विचारों के बीज बोएं। अपने लिए भी और दूसरों

के लिए भी अच्छे की कल्पना करें। कल्याण की कामना करें। भूलकर भी दूसरों के विषय में बुरा सोचने की भूल न करें अन्यथा इसका परिणाम आपको ज़रूर भुगतना पड़ेगा। जो दूसरों के विषय में अपने मन में सोच रहे हो। सोच का पौधा आपके मन में अंकुरित होकर आपको ही फूल-फल प्रदान करेगा। दूसरों को सामने या पीठ पीछे बद्दुआएं दोगे, तो आप पर ही उलटकर लगेंगी।

आपका जीवन नरक बन जाएगा। जो कल्पना अपने विरोधी के पुत्र के लिए की है, आपके अपने पुत्र के लिए हो गई है। परिणाम सामने आ जाएगा। दूसरों के लिए ख़ुशियां चाहोगे, तो आपके चाहने मात्र से दूसरों को तो ख़ुशियां प्राप्त होंगी ही, आपकी अपनी झोली भी ख़ुशियों की अपार दौलत से भर जाएगी।

मुझे एक वास्तविक घटना याद आती है -- दो पड़ोसियों में कहा-सुनी हो गई। दोनों खाते-पीते परिवार थे। एक पड़ोसी ने दूसरे को बद्दुआएं दीं, "तेरा लड़का बड़ा होकर अमरूद बेचेगा।" हालात ऐसे पैदा हुए कि उसी के लड़के को टोकरी में अमरूद रखकर फेरी लगानी पड़ी।

बात यह नहीं थी कि वे ग़रीब हो गए थे। बात सिर्फ़ इतनी थी कि बाप ने सब-कुछ होते हुए भी एक बेटे और उसके परिवार को सम्पत्ति और ज़मीन का कोई भाग नहीं दिया। बेटा बेरोज़गार था, इसलिए उसे फेरी लगाकर अपने परिवार का पेट भरना पड़ा।

हालांकि बाद में परिवार को उसकी ज़मीन और अन्य सम्पत्ति में पूरा हिस्सा मिल गया और आज यह परिवार सुखी और सम्पन्न जीवन व्यतीत कर रहा है, क्योंकि बद्दुआएं देनेवाले पड़ोसी के मन में किसी के बच्चों को अमरूद बेचते देखने की प्रबल इच्छा थी।

इसलिए उसकी इच्छा पूरी हुई, लेकिन उसके अपने लड़के के रूप में। दूसरे के बच्चों के अपने कर्मफल थे, वे इससे मुक्त रहे और मैं यह भी जानता

हूं कि उनके पिता हमेशा दूसरों की सहायता करने को तैयार रहते थे और भूलकर भी किसी का बुरा नहीं चाहते थे।

आज के वैज्ञानिक युग में किसान खेतों में बुआई करने से पहले जिस प्रकार मिट्टी को भली-भांति तैयार करके उसमें बढ़िया बीज बोता है, उसी प्रकार आप मन-रूपी ज़मीन को स्वच्छ करके उसमें सकारात्मक नज़रिये से उत्पन्न अच्छे विचारों के बीज बोइए।

ये बीज हों पूरे परिवार, समस्त पड़ोसियों, मित्रों तथा रिश्तेदारों की सुख-सम्पन्नता, परस्पर प्रेम, उत्तम स्वास्थ्य, आरोग्य तथा दीर्घायु की कामना के; पूरे गांव, क़स्बे, नगर तथा राष्ट्र व विश्व के सभी लोगों की सुख-सम्पन्नता, परस्पर प्रेम, उत्तम स्वास्थ्य, आरोग्य तथा दीर्घायु की कामना के। जो अपने लिए चाहें अपने पड़ोसियों, मित्रों, रिश्तेदारों, अपने देश के सभी लोगों तथा विश्व के समस्त व्यक्तियों के लिए चाहें। जो अमित के लिए चाहें, वही आमिर, अंगद और एन्थनी के लिए चाहें। जैसा अन्नू को चाहें, वैसा ही अफ़साना, अमरजीत कौर और एलिस को चाहें।

जैसी कल्पना दिल्ली की करें, उससे बेहतर पुणे, मुम्बई, कलकत्ता, चेन्नई की करें, जैसा अपने राज्य को बनाना चाहें वैसा ही बिहार, बंगाल, गुजरात, कश्मीर और केरल सभी को बनाना चाहें। जैसे सम्पन्न भारत की कल्पना के बीज मन में उगाएं; उससे भी अधिक सम्पन्नता की कल्पना के बीज चीन, नेपाल, बगंलादेश और पाकिस्तान के लिए उगाएं; पूरे विश्व के देशो के लिए बोएं।

सबका कल्याण चाहें, अपने लिए कुछ नहीं करना पड़ेगा। स्वयं का कल्याण तो सबके कल्याण में मौजूद है। तभी तो हमारे ऋषियों-मुनियों ने कामना की थी:

सर्वे भवन्तु सुखिनः सर्वे सन्तु निरामयाः।
सर्वे भद्राणि पश्यन्तु मा कश्चिद् दुःखभाक् भवेत् ॥

स्वीकारोक्ति या आत्म-सुझाव ही क्यों?

स्वीकारोक्ति या आत्म-सुझाव एक संकल्प है, जो हम लेते हैं और जब हम कोई संकल्प लेते हैं, तो उसके लिए हमें कोई मजबूर नहीं करता। संकल्प हम अपनी इच्छा से लेते हैं और यह इच्छा हमारे मन को अधिक-से-अधिक प्रभावित करती है।

जब अन्य कोई व्यक्ति हमें कहता है कि हमें सत्य बोलना चाहिए, तो हम इसे आदेश के रूप में लेते हैं और तर्क-वितर्क करने लगते हैं, क्योंकि बाहरी आदेश मानना हमारी आदत नहीं है। बाहरी आदेश के लिए हमारा पूरा समर्पण नहीं होता। उसकी एक सीमा होती है, इसलिए द्वन्द्व तथा तर्क-वितर्क की स्थिति उत्पन्न होती है। लेकिन यदि हम सत्य बोलने का संकल्प लेते हैं, तो इसमें हमारी सहमति है और हम अपनी सहमति के विरुद्ध तो जाएंगे नहीं। एक बार जो सहमति बनी, जो विचार पक्का हुआ, तो हमारा मन उस पर चलने को मजबूर हो गया समझो। यह ऐसी अवस्था है, जब मन अधिक प्रभावशाली ढंग से काम कर हमें मनचाही सफलता प्रदान करता है।

यदि आपसे कहा जाता है कि 'आप चिन्ता न करें', तो क्या आप इस बात को आसानी से मन में उतारकर चिन्ता-मुक्त हो जाएंगे? शायद नहीं। उपदेश सुन-सुनकर कान पक गए हैं। जिधर देखो, उधर उपदेश। एक एक सत्संग में लाखों लोग पहुंचते हैं। साल में करोड़ों लोग प्रवचन सुनकर घर लौटते हैं, लेकिन न व्यवहार में परिवर्तन, न कार्य-शैली में और न जीवन-पद्धति में।

दूसरों को उपदेश देना सरल है, उस पर चलना मुश्किल। लेकिन यदि यह उपदेश आपके अन्दर से पैदा हुआ है, आपने प्रतिज्ञा की है या संकल्प लिया है, तो इस प्रतिज्ञा की भावना का निर्माण ज़रूर होगा। यदि आप निश्चिन्त होने का संकल्प लेते हैं; निश्चिन्त होने की इच्छा करते हैं, तो आप सचमुच निश्चिन्त हो जाते हैं। आप किसी अन्य व्यक्ति की बात, चाहे कितनी

भी उपयोगी क्यों न हो, माने या न मानें लेकिन अपनी बात ज़रूर मानेंगे; अपना कहा ज़रूर पूरा करेंगे। अपनी प्रतिज्ञा पूरी करके ही दम लेंगे। इसी आधार पर किसी भी उपदेश या आदेश को यदि संकल्प और स्वीकारोक्ति में बदल दिया जाए, तो उसके पूरा होने में सन्देह नहीं रह जाता।

योग तथा स्वीकारोक्ति

योग मनुष्य के रूपान्तरण (Transformation) की सम्पूर्ण पद्धति है, लेकिन अभ्यास के बावजूद योग से हमारा रूपान्तरण क्यों नहीं हो पाता? हम आसन, प्राणायाम तथा ध्यान आदि का अभ्यास तो करते हैं, लेकिन यम और नियम का नहीं। हम आसन और प्राणायाम के अभ्यास के साथ-साथ यम और नियम का भी पालन करें, तो योगाभ्यास द्वारा सम्पूर्ण रूपान्तरण कर आध्यात्मिक उन्नति कर सकते हैं। इसके लिए यम और नियम को अच्छी प्रकार समझकर स्वीकारोक्ति प्रणाली का सहारा लिया जाना चाहिए।

'यम' क्या है? योग सूत्र में कहा गया है: **'अहिंसा सत्यास्तेय ब्रह्मचर्यापरिग्रहाः यमाः' अहिंसा, सत्य, अस्तेय (चोरी न करना), ब्रह्मचर्य तथा अपरिग्रह (संग्रह न करना) ये पांच यम हैं।** इसके अनुपालन के लिए हम निम्नलिखित स्वीकारोक्ति करें:

* "मैं अहिंसा, सत्य, अस्तेय, ब्रह्मचर्य तथा अपरिग्रह का पालन करता हूं।"

हरेक यम की अलग-अलग स्वीकारोक्ति भी की जा सकती है जैसे:

* "मैं अहिंसा का पालन करता हूं।"
* "मैं सत्य का पालन करता हूं।"

अथवा

* "मैं सदा सत्य बोलता हूं।"
* "मैं अस्तेय (चोरी न करने) की प्रतिज्ञा करता हूं।"
* "मैं ब्रह्मचर्य व्रत का पालन करता हूं।"।

* "मैं अपरिग्रह (संग्रह न करने) की प्रतिज्ञा करता हूं।" |

अथवा

* "मैं केवल आवश्यक वस्तुओं का ही संग्रह करता हूं।"

ये हैं योग के नैतिक सिद्धान्तों को जीवन में उतारने के लिए स्वीकारोक्तियां। इसी प्रकार नियम अर्थात कुछ व्रतों का पालन करने के अभ्यास के लिए भी नीचे लिखी स्वीकारोक्तियां करें:

* "मैं शौच, सन्तोष, तपस, स्वाध्याय तथा ईश्वर प्राणिधान का पालन करता हूं।"

योग सूत्र में कहा गया है:

"शौच सन्तोष तपः स्वाध्यायेश्वरप्रणिधानानि नियमाः" अर्थात मन तथा शरीर की शुद्धि, सन्तोष, तपस, स्वाध्याय तथा ईश्वर के प्रति समर्पण की भावना -- ये पांच नियम हैं। योग के साधक के लिए इनका पालन आवश्यक है और इसके लिए अलग-अलग स्वीकारोक्तियां भी की जा सकती हैं, जैसे:

* "मेरा मन और शरीर शुद्ध तथा पवित्र है।"
* "मैं पूर्ण रूप से सन्तुष्ट हूं।"
* "मैं नियमित रूप से साधना करता हूं।"

अथवा

* "मैं प्रतिदिन योगाभ्यास तथा ध्यान-साधना करता हूं।"
* मैं नियमित रूप से स्वाध्याय करता हूं।

अथवा

* "मैं प्रतिदिन जीवनोपयोगी साहित्य पढ़ता हूं।"

* "मैं ईश्वर के प्रति पूर्ण रूप से समर्पित हूं।"

उपरोक्त स्वीकारोक्तियों को नियमित रूप से दोहराएं। शुरू में इन स्वीकारोक्तियों को मोटा-मोटा चमकीली स्याही से एक चार्ट पर लिखकर टांग लें। जब भी मौक़ा मिले दोहरा लें। याद हो जाने पर मानसिक पाठ पीछे बताए गए तरीक़े से करें।

योगाभ्यास करनेवाले साधक योगासन तथा प्राणायाम के बाद शान्त अवस्था में उपरोक्त स्वीकारोक्तियों का मानसिक पाठ करें। यदि आप योगाभ्यास नहीं करते, लेकिन आप चाहते हैं कि योग शुरू हो जाए, तो इसके लिए नीचे लिखी गई स्वीकारोक्तियां करें:

* "मैं अपने उत्तम स्वास्थ्य के लिए कृत-संकल्प हूं।"
* "मैं प्रतिदिन योगाभ्यास करता हूं।"
* "मैं प्रतिदिन योगासन करता हूं।"
* "मैं नियमित रूप से प्राणायाम तथा ध्यान का अभ्यास करता हूं।"

ये स्वीकारोक्तियां आपके संकल्प से इच्छा बनकर वास्तविकता में बदल जाएंगी। इन स्वीकारोक्तियों के फलस्वरूप आप जल्दी-से-जल्दी योगाभ्यास शुरू कर देंगे।

कहा जाता है कि किसी झूठ को हज़ार बार दोहराने से सच बन जाता है, तो फिर हमारी सात्त्विक इच्छाएं पूरी होने में क्या बाधा हो सकती है? अपनी इच्छाओं को; अपनी सात्त्विक इच्छाओं को, अपने संकल्पों को बार-बार दोहराइए और अपनी इच्छाओं को पूर्णता में बदल डालिए।

रेकी तथा स्वीकारोक्तियां

आज एक बहुत लोकप्रिय चिकित्सा-पद्धति के रूप में रेकी का विकास हो रहा है। जिस प्रकार योग में यम और नियम का महत्त्व है, उसी प्रकार रेकी

के सबसे पहले गुरु डॉ. मिकाओ उसुई ने रेकी के पांच सिद्धान्त बनाए, जिनका पालन करना रेकी की सुचारुता में वृद्धि करने के लिए आवश्यक है।

रेकी के पांच सैद्धान्तिक नियम

उपरोक्त सिद्धान्तों का पालन करना रेकी द्वारा उपचार में कुशलता प्राप्त करने के लिए आवश्यक है। वैसे भी जीवन में यदि सिर्फ़ सिद्धान्तों का पालन किया जाए, तो मनुष्य का रूपान्तरण सम्भव है।

रेकी के इन पांचों सिद्धान्तों को जीवन में आत्मसात किया जा सके इसके लिए इनको निम्नलिखित रूप में स्वीकारोक्तियों की तरह दोहराना बहुत उपयोगी सिद्ध होगा:

* "आज मैं पूरी तरह चिन्तामुक्त हूं।" या "आज मैं प्रसन्न हूं"।
* "आज मैं क्रोध से बिल्कुल मुक्त हूं।" या "आज मैं प्रेम से गद्गद हूं।"
* "मैं पूरी ईमानदारी से अपनी रोज़ी-रोटी कमाता हूं।"
* "मैं हर वस्तु और स्थिति के लिए एहसानमन्द हूं तथा प्रत्येक स्थिति को ज्यों-का-त्यों मंजूर करता हूं।"
* "मुझे हर वस्तु में श्रद्धा तथा विश्वास हे तथा मैं अपने माता-पिता, गुरुओं तथा सभी बड़ों का आदर करता हूं एवं सभी छोटों को प्यार करता हूं।"

यदि आपने रेकी सीखी है, लेकिन किसी कारण अभ्यास नहीं कर पाते, तो नीचे लिखी स्वीकारोक्तियां दोहराएं:

* "रेकी एक सम्पूर्ण उपचार पद्धति है।"
* "मैं नियमित रूप से रेकी का अभ्यास करता हूं।"

* "रेकी के अभ्यास द्वारा मैं चिन्ता तथा क्रोध-मुक्त होकर लगातार स्वस्थ तथा प्रसन्नचित्त हो रहा हूं।"
* "रेकी के अभ्यास से मेरा सम्पूर्ण रूपान्तरण हो रहा है।"

गौतम बुद्ध ने संघ में सम्मिलित होने के लिए जो शिक्षाएं आवश्यक बनाईं या जो प्रतिज्ञाएं कराईं, वे स्वीकारोक्तियां ही तो हैं। आज विपश्यना की साधना शुरू करनेवाले साधक भी इन्हीं (प्रतिज्ञाओं) स्वीकारोक्तियों को दोहराते हैं, जो निम्नलिखित हैं:

* **"पाणातिपाता वेरमणी सिक्खापदं समादियामि।"**
  अर्थात "मैं प्राणी-हिंसा से विरत रहने की शिक्षा ग्रहण करता हूं।"
* **"अदिन्नादाना वेरमणी सिक्खापदं समादियामि।"**
  अर्थात "मैं चोरी से विरत रहने की शिक्षा ग्रहण करता हूं।"
* **"मुसावादा वेरमणी सिक्खापदं समादियामि।"**
  अर्थात "मैं मिथ्या-वचन से विरत रहने की शिक्षा ग्रहण करता हूं।"
* **"अब्रह्मचरिया वेरमणी सिक्खापदं समदियामि।"**
  अर्थात "मैं अब्रह्मचर्य से विरत रहने की शिक्षा ग्रहण करता हूं।"
* **"विकाल-भोजना वेरमणी सिक्खापदं समादियामि।"**
  अर्थात "मैं विकाल भोजन से विरत रहने की शिक्षा ग्रहण करता हूं।"
* **"सुरामेरयमज्जपमादट्ठाना वेरमणी वेरमणी सिक्खापदं समादियामि।"**
  अर्थात "मैं मदिरा आदि नशे तथा आलस्य उत्पन्न करनेवाली वस्तुओं के सेवन से विरत रहने की शिक्षा ग्रहण करता हूं।"

ऊपर दी गई प्रतिज्ञाओं से स्पष्ट है कि गौतम बुद्ध ने संघ में प्रवेश

करनेवालों के लिए अपने सिद्धान्त या शिक्षाएं स्वीकारोक्तियों के रूप में दीं, ताकि संघ में आनेवाले या साधक इन्हें अपने भीतर, फिर अपने जीवन में उतार सकें।

इससे यह भी पता चलता है कि यह तकनीक आधुनिक काल के मनोविश्लेषकों या मनोचिकित्सकों की खोज नहीं है, बल्कि लम्बे समय से चली आ रही भारतीय परम्परा में स्थित है।

उपचार में मनचाही सफलता क्यों नहीं मिलती?

मन द्वारा उपचार करने में कितने लोग सफल हो पाते हैं? बहुत ही कम। मन द्वारा उपचार में सफलता न मिलने का कारण है, तकनीक को सही प्रकार से समझकर अभ्यास न करना तथा सीमित विश्वास या विश्वास की कमी। हम न तो सोच ही सकते हैं और सोच भी लें, तो अपनी सोच के सकारात्मक परिणाम पर विश्वास ही नहीं कर पाते हैं कि ऐसा सम्भव हो सकेगा।

और यदि हमें कोई सोचने पर विवश कर भी दे, तो हमारे विश्वास की एक सीमा ज़रूर होती है और किन्तु-परन्तु जैसे शब्द हमारे मन में आ धमकते हैं और अविश्वास ही नहीं सीमित विश्वास तथा लगातार अभ्यास की कमी हमारे अपने मन की शक्ति द्वारा उपचार करने में बाधक बनती है।

घुन लगा हुआ खोखला बीज हो या आधा कटा हुआ बीज हो, अंकुरित होकर पौधा नहीं बन सकता। फूल-फल की तो बात ही क्या है? ऐसे बीज तो मिट्टी में पड़े-पड़े सड़कर समाप्त हो जाते हैं।

यदि अच्छे बीज हों, लेकिन उनके साथ किन्तु-परन्तु-रूपी खर-पतवार उग आएं, तो भी ये पौधे को पूरी तरह से पनपने नहीं देते। कई बार पौधे तो होते हैं दो-चार, लेकिन खर-पतवार इतने अधिक कि पौधों को ज़मीन से न तो पोषण ही मिलता है और न सूर्य की रोशनी ही। भगवान श्रीकृष्ण भी तो अर्जुन को यही समझाते हैं:

अज्ञश्चाश्रद्दधानश्च संशयात्मा विनश्यति।
ना यं लोकोऽस्ति न परो न सुखं संशयात्मनः ॥

अर्थात मूर्ख और श्रद्धारहित संशय से भरे मनुष्य का पतन हो जाता है। ऐसे संशयात्मा मनुष्य के लिए न यह लोक है, न परलोक है और न सुख ही है।

संशय क्या है? संशय है अधूरा ज्ञान या अज्ञान। हम जिस विषय को बिल्कुल नहीं समझते, उस विषय में संशय पैदा नहीं होता और जिसको भली-भांति समझते हैं, उसमें भी संशय पैदा नहीं होता। संशय पैदा होता है अधूरे ज्ञान से और यही अज्ञान है। अज्ञान ज्ञान का अभाव नहीं है। अधूरे ज्ञान को पूरा मान लेना ही अज्ञान है।

संशय का उत्पन्न होना स्वाभाविक है, इसलिए संशय उत्पन्न होना हानिकारक नहीं है, लेकिन संशय को बनाए रखना और उसे दूर करने का प्रयत्न न करना ही हानिकारक है।

'मन द्वारा उपचार' आध्यात्मिक उत्थान की प्रक्रिया का एक अंग है और आध्यात्मिक उत्थान में संशय में डूबे मनुष्यों को कोई स्थान नहीं मिलता, इसलिए संशय से भरे मनुष्य 'मन द्वारा उपचार' में सफलता प्राप्त नहीं कर पाता।

'जाकी रही भावना जैसी' -- इसी सिद्धान्त के अनुरूप, अपने विश्वास के अनुरूप ही हम सफलता प्राप्त कर पाते हैं। यही बात बाइबिल में कही गई है: **आपके विश्वास के अनुसार ही आप काम करते हैं।**

बाइबिल में ही कहा गया है:

मांग, और वह तुझे ज़रूर मिलेगा,
खोज, और तू ज़रूर पाएगा,
खटखटा, तेरे लिए दरवाज़ा ज़रूर खुलेगा।

विलियम जेम्स कहते हैं कि **हमारी शारीरिक एवं मानसिक शक्तियां असीमित, अपूर्व तथा अकल्पनीय हैं, जिनका हम इस्तेमाल ही नहीं करते या सीमित इस्तेमाल कर सीमित फल पाते हैं।**

आज हम अस्वस्थ, अशान्त, असम्पन्न, असन्तुलित या अप्रभावशाली व्यक्तित्व के स्वामी चाहे न हों, लेकिन अपने सीमित विश्वास या अपने विश्वास की शक्ति का उपयोग न कर पाने के कारण कहीं-न-कहीं अल्प-स्वस्थ, अल्प-शान्त, अल्प-सम्पन्न, अल्प-सन्तुलित तथा अल्प-प्रभावशाली व्यक्तित्व के स्वामी ज़रूर हैं अन्यथा आज हम अपने सर्वांगीण विकास की सीढ़ी के जिस डंडे पर खड़े हैं, उससे अगले डंडों पर क्यों नहीं? यह हमारा सीमित विश्वास या विश्वास की कमी ही तो है, जिसके कारण हम सबसे पहले पहुंचने पर भी अगली लाइन में सबसे महत्त्वपूर्ण स्थान पर बैठने की बजाए पीछे की ओर किसी उपेक्षित-सी सीट पर जा बैठते हैं।

शायद आपको पता नहीं है कि विश्व की सारी सम्पन्नता, सारा ऐश्वर्य सिर्फ़ आपके लिए है। संसार की तमाम हसीनाएं आपसे दोस्ती की इच्छा रखती हैं। दुनिया की चोटी की बहुराष्ट्रीय कम्पनियां आपसे डील करने में दिलचस्पी रखती हैं।

आप अपने विषय के कुशल जानकार हैं तथा आपको अमेरिका तथा यूरोप के बड़े-बड़े संस्थानों में सेमिनार के लिए आमन्त्रित किया जा रहा है। आपकी लिखी पुस्तकें हॉट केक की तरह बिक रही हैं और उनको पढ़कर करोड़ों लोग लाभ प्राप्त कर रहे हैं। आपकी डिज़ाइन की गई पोशाकें पूरी दुनिया में धूम मचा रही हैं। आपके उत्पादों ने लोगों की जीवन-शैली को बदलकर रख दिया है। आप विश्व के सबसे सम्पन्न और सुखी इंसान हैं तथा लोग आपके जीवन से प्रेरणा ग्रहण करते हैं।

कहने का मतलब यह है कि विश्व की सारी ताक़तें आपके क़दमों में सिर झुकाने को बेताब हैं, लेकिन आप हैं कि मन में ख़्वाहिश ही पैदा नहीं करते।

अपने मन की शक्ति पर पूरा विश्वास कीजिए और देखिए कैसे सफलता की हर सीढ़ी आपके लिए छोटी पड़ जाती है। दादा साहेब फाल्के पुरस्कार से सम्मानित प्रसिद्ध शायर मजरूह 'सुल्तानपुरी' का यह शे'र देखिए:

अलग बैठा था फिर भी आंख साक़ी की पड़ी मुझ पर
अगर हो तश्नगी[1] कामिल[2] तो पैमाने भी आएंगे।

कहने का मतलब यही है कि एक मुकम्मल प्यास एक प्रबल इच्छा तो मन में पैदा कीजिए, उसकी पूर्ति का प्रबन्ध भी ज़रूर होगा।

विलियम जेम्स के अनुसार: **इस शताब्दी का सबसे बड़ा आविष्कार है कि मनुष्य अपने विचारों को बदलकर जीवन सुखमय एवं सफल बना सकता है।** उर्दू शायर मुइन अहसन 'जज़्बी' साहब का एक शे'र है:

ख़ुशनसीब कि आवाज़ दे हमें मंज़िल
हज़ार हैफ़[3] कि हम फिर भी जुस्तजू[4] न करें।

बड़े भाग्य की बात है कि हमारी मंज़िल हमें पुकार रही है, कहीं बहुत ही नज़दीक है, लेकिन बड़े अफ़सोस की बात है कि हम फिर भी उसकी तलाश नहीं कर रहे हैं। पहले तो कभी मंज़िल हमारे इतने पास न थी, लेकिन अब तो मंज़िल सामने है, उसे छू लीजिए। अपने अवचेतन की शक्ति को पहचान कर उस पर विश्वास करके उसे प्राप्त कर लीजिए, अपना जीवन सफल बना लीजिए।

जब श्रद्धा बने आधार, तो खुले सफलता का द्वार

श्रद्धा वाद-विवाद का विषय बिल्कुल नहीं है। हमें तो केवल इस बात पर विचार करना है कि हम अपनी श्रद्धा के आधार को किस प्रकार मज़बूत

1. प्यास 2. पूर्ण 3. अफ़सोस 4. तलाश

करें, ताकि ज्ञान का विकास हो सके। हम सचमुच सफलता की ओर आगे बढ़ सकें। श्रद्धा क्या है? **"आप जो नहीं देख सकते, उसमें दृढ़-विश्वास"** यही श्रद्धा है और इसका प्रतिफल है **"जिस पर आपका विश्वास था आपके सम्मुख प्रस्तुत है"**। यह मीरा का विश्वास ही था, जिसने भगवान कृष्ण की मूर्ति को दुग्धपान के लिए बाध्य कर दिया। यह रामकृष्ण परमहंस की श्रद्धा का ही प्रतिफल था, जो मां काली से सीधे बातचीत करते थे। हम तो हर चीज़ को तर्क की कसौटी पर कसना ही जानते हैं। श्रद्धा और विश्वास तो तर्क-वितर्क से बहुत ऊपर की चीज़ है। यजुर्वेद में कहा गया है: **"श्रद्धया सत्यमाप्यते" अर्थात श्रद्धा से सत्य ज्ञात होता है।**

ऋग्वेद कहता है: **"श्रद्धयाग्नि समिध्यते श्रद्धया हूयते हविः" अर्थात श्रद्धा से ही अग्नि को प्रज्वलित किया जाता है और श्रद्धा से ही हवन में आहुति दी जाती है।**

श्रद्धा के विषय में हमारे मनीषियों ने जितना चिन्तन किया है, जितना लिखा है, उसका आदि और अन्त नहीं। श्रद्धा जीवन का आवश्यक तत्त्व है और इसी से ज्ञान की प्राप्ति सम्भव है। भगवान श्रीकृष्ण कहते हैं:

श्रद्धावल्लभते ज्ञानम् तत्परः संयतीन्द्रयः।
ज्ञानं लब्ध्वा परां शान्तिमचिरेणाधिगच्छति ॥

जो इन्द्रियों को जीतनेवाला तथा साधन-परायण है, ऐसा श्रद्धावान मनुष्य ज्ञान को प्राप्त होता है और ज्ञान को प्राप्त होकर वह तत्काल परम शान्ति को प्राप्त हो जाता है।

श्रद्धा से सम्पन्न मनुष्य ही ज्ञान प्राप्त करता है। ज्ञान क्या है? क्या सिर्फ़ भौतिक जगत की जानकारी को ज्ञान कहा जा सकता है? मंगोलिया नामक देश की राजधानी उलान बातर है, यह नहीं जानने-मात्र से क्या हम अज्ञानी हो जाते हैं? क्या किसी देश की मुद्रा का नाम जानने के लिए उस देश के

प्रति या उस मुद्रा के प्रति श्रद्धा होना आवश्यक है? शायद नहीं। उपरोक्त जानकारी सिर्फ़ सूचना है।

हम किसी भी सामान्य ज्ञान की पुस्तक से यह जानकारी प्राप्त कर सकते हैं। मेरे विचार से हम श्रद्धा द्वारा जिस ज्ञान को प्राप्त करने की बात कर रहे हैं, वह किसी विषय-विशेष का ज्ञान नहीं है, अपितु हम बात कर रहे हैं 'प्रबोधन' की, रोशन-ख़याली की अर्थात ज्ञान के विकास की। हम बात कर रहे हैं ज्ञान की आंखे खुलने की। उस ज्ञान की, जो बुद्ध को प्राप्त हुआ था। बल्कि यूं कहिए कि उस ज्ञान-प्राप्ति की, जिसके कारण राजकुमार सिद्धार्थ गौतम बुद्ध हुए। हम बात कर रहे हैं तीसरा नेत्र खुलने की। शिव का तीसरा नेत्र जब खुलता है, सब जलकर समाप्त हो जाता है।

जिसे हम सब ज्ञान समझते हैं, वह तो सिर्फ़ इस भौतिक जगत की वस्तुपरक जानकारी है। सब समाप्त होने का अर्थ है अज्ञान की समाप्ति, शिव की भांति हम सब भी त्रिनेत्र हैं। दो नेत्रों को तो आप सब और मैं भली-भांति इस्तेमाल में ला रहे हैं, उनको खुला रखते हैं। अब ज़रूरत है तीसरे नेत्र का इस्तेमाल करने की, खोलने की। यही ज्ञान है। यह साधना का विषय है और साधना श्रद्धा द्वारा ही सम्भव है। पहले श्रद्धा, फिर साधना और फिर ज्ञानोदय। और एक बार ज्ञान प्राप्त हो जाए, तो फिर श्रद्धा का ऐसा पारावार उमड़ता है कि संभाले नहीं संभलता। और उसको संभालना भी क्या?

भगवान कृष्ण तीन प्रकार के योग की बात गीता में करते हैं – कर्म योग, ज्ञान योग, भक्ति योग। जब अर्जुन युद्ध के मैदान में अपने परिवार के लोगों से युद्ध करने से विमुख होने लगते हैं, तो भगवान कृष्ण कर्मयोग के साथ-साथ ज्ञानयोग का उपदेश भी अर्जुन को देते हैं। वास्तव में ज्ञान की आवश्यकता तभी प्रतीत होती है, जब कर्महीनता की स्थिति उत्पन्न होती है।

जब तक व्यक्ति कर्म योग में स्थित है अपने कर्तव्य का पालन कर रहा है उसे किसी प्रकार के ज्ञान की ज़रूरत ही नहीं है। जब आप कर्म कर रहे

हैं, तो किसी प्रकार की उलझन, कोई दुविधा मन में नहीं होती। जब उलझन या दुविधा मन में होती है; संशय की स्थिति होती है, तभी ज़रूरत पड़ती है। ज्ञान की, ज्ञान के स्रोत की।

मन में लगातार संघर्ष तथा दुविधा या संशय पैदा होते रहते हैं। श्रद्धा ही वह तत्त्व है, जिससे संशय की स्थिति समाप्त हो जाती है और चित्त में स्थिरता आती है। स्वस्थ सकारात्मक विचार मन में अंकुरित होकर फल-फूलकर स्वस्थ सुखी जीवन के रूप में हमारे सामने आ उपस्थित होते हैं।

दीपक चोपड़ा अपनी पुस्तक 'सफलता के सात आध्यात्मिक नियम' में तीसरे नियम "कर्म या कारण और प्रभाव का नियम" में लिखते हैं:

> **हमारा प्रत्येक कर्म ऐसी ऊर्जा उत्पन्न करता है, जिसमें से वैसा ही जवाब मिलता है ... हम जो बोते हैं, वही काटते हैं।**

यही बात कुछ हेर-फेर के साथ शिव खेड़ा अपनी पुस्तक 'जीत आपकी' के दूसरे अध्याय 'सफलता: कामयाबी के उपाय' में बताते हैं। शिव खेड़ा लिखते हैं:

> **हर नतीजे की कोई-न-कोई वजह होती है। वजह और नतीजे के उसूल बीज बोने और फ़सल काटने के उसूलों जैसे ही हैं।**

इन दोनों पुस्तकों की रोशनी में यहां श्रद्धा और ज्ञान के सम्बन्ध में इस नियम को लागू करने पर विचार करते हैं।

1. कारण और प्रभाव के नियम के अनुसार सबसे पहले हममें बीज बोने की इच्छा होनी चाहिए अर्थात मन में श्रद्धा नामक तत्त्व का सबसे पहले विकसित होना ज़रूरी है।

2. हम जो बोते हैं, वही काटते हैं। आलू बोएंगे तो टमाटर नहीं बटोरेंगे। अर्थात सकारात्मक विश्वास को ही मन में स्थान दें।

3. प्रकृति का नियम है पहले बीज बोना पड़ता है, बाद में फ़सल प्राप्त होती है। पहले श्रद्धा नामक तत्त्व उत्पन्न करो, ज्ञान की प्राप्ति बाद का क़दम है।

ज्ञान प्राप्त होने पर तो श्रद्धा स्वयं ही कई गुना हो जाती है। हम हैं कि भगवान से वादा करते हैं कि अमुक काम हो गया, तो इतना प्रसाद चढ़ाऊंगा। प्रसाद बाद में पहले काम पूरा हो जाने पर मन्दिर जाते हैं। दो थैलियों में प्रसाद ख़रीदते हैं, एक में पांच रुपल्ली की बूंदी और दूसरी में बाक़ी पैसों की काजू की बर्फ़ी। बूंदी भगवान के नाम पर भिखारियों की हथेलियों पर और बर्फ़ी की थैली पर मुट्ठी की पकड़ घर पहुंचने से पहले ढीली ही नहीं होती।

कुछ लोग ज़्यादा ही श्रद्धावान हैं, भगवान के प्रति ईमानदार हैं। आमदनी के हिसाब से एक निश्चित भाग निकालकर अलग रख देंगे। भगवान क्या हुआ, निर्माण विभाग का इंजीनियर हो गया।

कुछ लोगों का विश्वास है, जितना गुड़ डालोगे उतना मीठा होगा। अब आइए, इस गुड़ की मिठास भी चख लें। एक बालटी पानी लीजिए और उसमें एक तोला अर्थात 10-12 ग्राम गुड़ डाल दीजिए और बताइए कि कितना मीठा हुआ। ज्ञान तो अथाह समुद्र के समान है और तिनके-रूपी श्रद्धा द्वारा उसकी प्राप्ति असम्भव है। पूरी श्रद्धा और समर्पण द्वारा ही इस विशाल समुद्र-रूपी ज्ञान को प्राप्त करने की सोची जा सकती है।

4. जब हम एक बीज बोते हैं, तो उसके पौधे पर एक ही फल या बीज नहीं लगता, बल्कि असंख्य फल लगते हैं और बहुत सारे बीज उनसे प्राप्त होते हैं। श्रद्धा-रूपी पौधा यदि एक बार रोपने में सफल हो गए, तो उसकी पैदावार का आप अन्दाज़ा नहीं लगा सकते।

5. बीज बोने और फ़सल तैयार होने के बीच एक फ़ासला होता है। एक निश्चित समय के बाद ही पौधे से फूल-फल और बीज मिलते हैं।

भगवान कृष्ण कहते हैं: कर्म करो फल की इच्छा मत करो।

हमें भी चाहिए कि जीवन में श्रद्धा नामक तत्त्व का विकास करें। उसके बाद उचित समय पर सब-कुछ अपने-आप प्राप्त हो जाएगा।

श्रद्धा स्लॉट मशीन के सिक्के का स्थान नहीं ले सकती कि मशीन में सिक्का डालो, बटन दबाओ और मनचाही वस्तु बाहर आपके हाथ में।

श्रद्धा वस्तु की अदल-बदल नहीं, श्रद्धा मुद्रा भी नहीं, श्रद्धा तो श्रेष्ठ जीवन जीने की शैली है; जीवन को संवारने की कला है। संसार को प्रेम से भरपूर बनाने का साधन है।

श्रद्धा वस्तुपरक नहीं होती, आंशिक भी नहीं की जाती। श्रद्धा और संशय का मेल नहीं।

कुछ श्रद्धा कुछ दुष्टता, कुछ संशय कुछ ज्ञान।
घर का रहा न घाट का, ज्यों धोबी का श्वान ॥

श्रद्धा तो गंगाजल की तरह स्वच्छता का नाम है, संशय-रूपी प्रदूषण उसको जड़ से नष्ट कर देता है। घड़े भर अमृत में सिर्फ़ एक बूंद विष की तरह। संशय-रहित होकर आगे बढ़िए, जीवन के हर क्षेत्र में सफलता मिलेगी।

आपमें से कुछ लोग शिरडी ज़रूर गए होंगे। शिरडी साईं बाबा के सन्दर्भ में दो शब्द अक्सर सुनने में आते हैं – 'श्रद्धा' और 'सबूरी'। सबूरी अर्थात धीरज। श्रद्धा के साथ-साथ धीरज उत्पन्न होने दीजिए, जो चाहोगे वही हो जाएगा।

श्रद्धा और अहंकार

श्रद्धा और अहंकार साथ-साथ नहीं रह सकते। श्रद्धा के लिए कर्ता-भाव का लोप आवश्यक है। संसार में जितने भी महापुरुष हुए हैं, उन्होंने कभी भी

स्वयं को कर्ता के रूप में स्थापित नहीं किया, उन्होंने कभी नहीं कहा कि यह मैंने किया है या मैं कर रहा हूं, मैं लिख रहा हूं।

इस्लाम के प्रवर्तक हज़रत मुहम्मद साहब (सलल्लाहु अलैहे वसल्लम) द्वारा ख़ुदा के हुक्म से क़ुरान का अवतरण हुआ। ख़ुदा के प्रति उनमें जो श्रद्धा थी, उसी के वशीभूत उन्होंने क़ुरान को दुनिया के सामने पहुंचाया।

अरविन्द घोष लिखते हैं कि जब मैं सावित्री नामक महाकाव्य लिख रहा था, तो मुझे नहीं पता, मैं क्या लिख रहा था। ठीक कुरान की तरह सावित्री उनके माध्यम से कागज़ पर अवतरित हुई। न जाने कितने श्रेष्ठ ग्रन्थों की रचना इसी प्रकार दिव्य आलोक में सम्भव हो सकी और यह दिव्य आलोक दिव्य मार्गदर्शन श्रद्धा और विश्वास के अलावा और कुछ नहीं। 'उत्तराध्ययन सूत्र' में लिखा है:

श्रद्धा के बिना ज्ञान नहीं।
ज्ञान बिना सात्त्विक कर्म नहीं।
बिना सात्त्विकता के मुक्ति नहीं
और बिना मुक्त हुए पूर्णता नहीं।
यही निर्वाण है।

धर्मार्थ काम मोक्षाणां पुरुषार्थ चतुष्टेयम्

अर्थात धर्म, अर्थ और काम के बाद आख़री पुरुषार्थ है मोक्ष। जीवन का परम लक्ष्य मोक्ष या निर्वाण ही तो है।

श्रद्धा ही इस निर्वाण में, मोक्ष प्राप्ति में सहायक है।

दोस्तो! आओ आज श्रद्धा को जीवन में सबसे ऊपर स्थान प्रदान कर जीवन का परम लक्ष्य प्राप्त करने का संकल्प लें।

किस प्रकार की बीमारियों का उपचार सम्भव

हमारी बीमारियों का स्वरूप बाहर प्रकट होता है, लेकिन वास्तव में उनके मूल में आन्तरिक कारण होता है मन की अवस्था। इसलिए बीमारियों का स्वरूप मनोदैहिक (Psychosomatic) होता है। जीवन में अनकही या छिपी हुई निराशाएं सोरियासिस (Psoriasis) के रूप में त्वचा पर उभर सकती हैं।

स्वयं की उन्नति विषयक निराशा या पराजय घुटनों के दर्द या पैर की अन्य किसी बीमारी के प्रमुख कारक के रूप में व्यक्त हो सकती है या व्यावसायिक परेशानियां तथा पुरानी चिन्ताएं आपके पेट के अल्सर का कारण बन सकती हैं। हमारे दांतों पर जमा टार्टर हमारी कठोरता की ओर संकेत करता है। स्वयं को अप्राप्य या अति दुर्लभ वस्तु की आकांक्षा में क्षय कर देने की आज्ञा देना ही क्षयरोग या तपेदिक का कारण है। तपेदिक के रोगाणु तो हर जगह मौजूद हैं, लेकिन सभी उनसे प्रभावित क्यों नहीं होते? यह तो हमारा मन है, जो इन रोगाणुओं को बुलाता है।

मन ही शरीर की रोगों से रक्षा करनेवाली प्रणाली को मजबूत करता है तथा मन ही इस प्रणाली को कमज़ोर बनाता है, क्योंकि बीमारियों का जन्म मन से होता है, इसलिए यदि मन मान ले कि हम स्वस्थ हैं, अमुक बीमारी से

पीड़ित नहीं हैं, तो बीमारी ख़ुद-ब-ख़ुद ठीक हो जाएगी। लेकिन यह मन है कि मानता नहीं। मन को मनाइए, रोग दूर भगाइए।

इसी बात को हम यूं कहें:

अपने विचार बदल डालिए आपका भाग्य ही बदल जाएगा। आरोग्य के साथ-साथ सम्पन्नता भी आपके द्वार पर दस्तक देगी।

मन द्वारा आप अपने नज़रिये को बदल सकते हैं तथा नज़रिये के द्वारा जीवन में परिस्थितियों में बदलाव किया जा सकता है।

मन की शक्ति का उपयोग कर जीवन में मनचाहा बदलाव सम्भव है। मन द्वारा हम अक्सर सभी प्रकार की बीमारियों का उपचार कर सकते हैं।

शारीरिक बीमारियों का उपचार

मन द्वारा हम सभी प्रकार की शारीरिक बीमारियों का उपचार कर सकते हैं, चाहे वे नई हों या पुरानी। सिरदर्द, पेट का दर्द, बदन दर्द, थकान, सुस्ती, चोट जैसी सामान्य बीमारियों से लेकर मधुमेह, उच्च तथा निम्न रक्तचाप, ट्यूमर व कैंसर जैसी ख़तरनाक कही जानेवाली बीमारियों का उपचार भी मन द्वारा सम्भव है। एलर्जी तथा त्वचा सम्बन्धी कई रोगों का स्थायी उपचार यदि सम्भव है, तो वह केवल मन द्वारा ही हो सकता है।

मानसिक बीमारियों का उपचार

मानसिक बीमारियों से मतलब है, वे बीमारियां जिनका सीधा सम्बन्ध हमारे मन की स्थिति से होता है। यहां बीमारी हमारी सोच का परिणाम होती है और कुछ नहीं। सोच को बदल करके बीमारी पर नियन्त्रण किया जा सकता है। आधुनिक जीवन-शैली ने मनुष्य के मन पर गहरा नकारात्मक प्रभाव डाला है, जिसके कारण मनुष्य अक्सर तनाव में रहता है।

तनाव, दुश्चिन्ता तथा ग़ुस्से व इन स्थितियों से उत्पन्न बीमारियों का उपचार मन द्वारा ही भली-भांति किया जा सकता है। कई बीमारियां मसलन आधे सिर का दर्द, कई प्रकार के त्वचा सम्बन्धी रोग, पीठ दर्द, जोड़ों में दर्द आदि ऐसी भी हैं, जिनका हम जितना बाहरी उपचार करते हैं 'मर्ज़ बढ़ता गया ज्यों-ज्यों दवा की' की स्थिति पैदा हो जाती है। हम दवाओं के आदी हो जाते हैं तथा दवाओं के बुरे असर से अन्य रोगों से भी ग्रस्त हो जाते हैं।

ये सभी बीमारियां अक्सर हमारे अन्तर्मन की तहों में जमी नकारात्मकता, डर, निराशा, कुंठा, अपराध-बोध, हीनता-बोध, आत्मविश्वास तथा उत्साह की कमी का बाहरी स्वरूप हैं। मन की सफ़ाई यदि सकारात्मक मानसिक नज़रिया-रूपी विचारों के सॉफ़्टवेयर से की जाए, तो इन बीमारियों से मुक्ति सम्भव है।

पूर्ण रूप से मानसिक विकलांग व्यक्तियों का उपचार मन द्वारा असम्भव प्रतीत होता है। गम्भीर मानसिक बीमारी का उपचार ख़ुद तो सम्भव नहीं है, लेकिन दूसरे व्यक्ति के मनोरोगों का उपचार मन द्वारा किया जा सकता है। कभी-कभी होनेवाले मानसिक रोगों का उपचार स्वस्थ होने की दशा में स्वयं किया जा सकता है।

सभी विषम परिस्थितियों के लिए मन ही जवाबदेह है। मन यदि नकारात्मक दिशा में गति कर रहा है, तो मन को ही रोकना पड़ता है और समझाना पड़ता है और इसका साधन भी यही मन ही है। मन ही मानसिक बीमारी है और मन ही उपचार।

भावनात्मक सन्तुलन

भगवान कृष्ण कहते हैं:

> **दुःखेष्वअनुद्विग्नमनाः सुखेषु विगतस्पृहः।**
> **वीतरागडरक्रोधः स्थितधीर्मुनिरुच्यते ॥**

अर्थात दुःखों की प्राप्ति होने पर जिसके मन में चंचलता नहीं होती और सुखों की प्राप्ति होने पर जिसके मन में इच्छा नहीं होती तथा जो प्रेम, डर और क्रोध से निरपेक्ष हो गया है, वह मननशील मनुष्य स्थिर बुद्धि कहा जाता है और यह स्थिति सिर्फ़ मन के नियन्त्रण द्वारा प्राप्त की जा सकती है। कहने का मतलब यह है कि हम केवल मन की शक्ति द्वारा ही भावनात्मक सन्तुलन स्थापित कर सकते हैं।

आध्यात्मिक उन्नति

जब तक मन दोष-रहित नहीं होगा, मन पर पूरा नियन्त्रण नहीं होगा तथा मन को मनचाही दिशा में संचालित करने की सामर्थ्य उत्पन्न नहीं होगी, तब तक हम अपने वास्तविक स्व को नहीं पा सकते; स्वयं को नहीं जान सकते; अपनी क्षमताओं का वास्तविक मूल्यांकन नहीं कर सकते। और यह मन के उचित प्रशिक्षण और उपयोग द्वारा ही सम्भव है।

मन की शक्ति द्वारा नास्तिकता से आस्तिकता की ओर बढ़ना सम्भव है। अपने अन्दर प्रेम, मित्रता, दया, समन्वय, जीवन के प्रति आशावादिता तथा सकारात्मकता के गुण मन द्वारा ही उत्पन्न किए जा सकते हैं। मन द्वारा उपचार करके अपने आपको उत्साही बनाया जा सकता है।

वास्तव में वह मन की शक्ति ही है, जिसके द्वारा व्यक्ति का हर प्रकार से रूपान्तरण या पुनर्जन्म सम्भव है, जो एक आध्यात्मिक प्रक्रिया है।

व्यक्तित्व-विकास तथा आर्थिक सम्पन्नता

मन की शक्ति द्वारा किसी भी व्यक्ति में मनचाहे महान गुणों को स्थापित किया जा सकता है। इस शक्ति का उपयोग करके एक सामान्य व्यक्ति को एक महान व्यवसायी, उद्योगपति, राजनेता, समाजसेवी, सन्त, खिलाड़ी, अभिनेता, डॉक्टर, पत्रकार या अन्य कोई भी महत्त्वपूर्ण विशेषज्ञ बनाकर समाज को लाभ पहुंचाया जा सकता है।

इसके द्वारा हम अपनी आर्थिक समस्याओं का समाधान कर जीवन में ख़ूब सम्पन्नता प्राप्त कर सकते हैं। आर्थिक सम्पन्नता के साथ-साथ सुखी और सन्तुष्ट जीवन जीना भी मन की शक्ति द्वारा ही सम्भव है, जो मनुष्य के व्यक्तित्व का महत्त्वपूर्ण हिस्सा है।

परीक्षा में सफलता तथा जीवन में लक्ष्य की प्राप्ति

परीक्षा में मनचाही सफलता प्राप्त करने के लिए मन की शक्ति का उपयोग सबसे महत्त्वपूर्ण है। हमारे काम करने की क्षमता में वृद्धि तथा कुशलता हमें मन द्वारा ही प्राप्त होती है। इसी प्रकार जीवन में हम अपना अन्य कोई भी निर्धारित लक्ष्य प्राप्त करने के लिए मन की शक्ति का ही सहारा लेते हैं।

बहुत-सी विधियों द्वारा हम अपने मन में एक बात बिठा लेते हैं कि अमुक लक्ष्य हमें अमुक समय में प्राप्त करना है। तभी उसी के अनुसार मनचाहे प्रयास भी कर पाते हैं। इस पुस्तक को ही लीजिए। इसे आप तक पहुंचाने में मुझे अपने मन की शक्ति का पूरा उपयोग करना पड़ा है।

इस पुस्तक को प्रकाशित करने के कई ऑफ़र मुझे मिले, लेकिन मेरा एक ही लक्ष्य था कि पुस्तक अधिक-से-अधिक उपयोगी हो और उन सभी लोगों तक पहुंच सके, जिनके लिए यह उपयोगी सिद्ध हो और जिन्हें इसकी आवश्यकता हो और यह सम्भव हुआ है 'फुल सर्कल' द्वारा पुस्तक के प्रकाशन से। मैं यही चाहता था कि यदि पुस्तक प्रकाशित हो तो केवल 'फुल सर्कल' द्वारा और मेरे मन की शक्ति द्वारा यह सम्भव हुआ।

इसका यह अर्थ नहीं कि मैं 'फ़ुल सर्कल' का कृतज्ञ नहीं हूं। मैं 'फ़ुल सर्कल परिवार का बहुत आभारी इसलिए भी हूं कि इनके माध्यम से मेरी इच्छा पूरी हुई है। इस प्रकार मन द्वारा उपचार करके हम न केवल अपने कैरियर, व्यवसाय या उद्योग सम्बन्धी अपनी योजना को पूर्णता तक पहुंचा सकते हैं, बल्कि कठिन परिस्थितियों को भी अनुकूल बना सकते हैं। अपने

विरोधी व्यक्तियों को अपने पक्ष में कर लाभ उठाया जा सकता है तथा सम्बन्धों में सुधार कर मित्रता स्थापित की जा सकती है।

सामाजिक बीमारियों या बुराइयों का उपचार

धूम्रपान, मदिरापान तथा नशीली दवाओं का सेवन – ये आदतें विकराल रूप धारण कर चुकी हैं। मन द्वारा उपचार की विभिन्न विधियों से ख़ुद का या दूसरों का उपचार करके व्यक्ति, समाज तथा राष्ट्र को पतन के मार्ग पर जाने से रोका जा सकता है।

उत्तम स्वास्थ्य तथा वृद्धावस्था से मुक्ति

रोगी होने की दशा में मन द्वारा उपचार करके हम न केवल आरोग्य प्राप्त कर सकते हैं, बल्कि मन की शक्ति द्वारा हमेशा स्वस्थ व रोग-मुक्त बने रह सकते हैं। अच्छे स्वास्थ्य के साथ-साथ बहुत समय तक युवा बने रह सकते हैं। बूढ़ा होने से बच सकते हैं। स्वास्थ्य या बुढ़ापा शरीर का नहीं, मन का होता है। मन स्वस्थ और युवा होगा, तो शरीर भी स्वस्थ और युवा बना रहेगा।

मन द्वारा शारीरिक सौन्दर्य

मन द्वारा शारीरिक सौन्दर्य मन द्वारा उपचार करके कॉस्मेटिक सर्जरी के बिना हम मनचाही शारीरिक सौन्दर्य प्राप्त कर सकते हैं। चमड़ी का रूखापन, बालों का झड़ना, टूटना तथा कमज़ोर हो जाना, चेहरे पर दाग़-धब्बे होना तथा शरीर के विभिन्न भागों में लचीलापन समाप्त होकर सख़्त हो जाना तथा दर्द करना इन सभी का कारण अक्सर तनाव और चिन्ता होता है।

तनाव तथा चिन्ता से मुक्त होकर हम इन सभी प्रकार की स्थितियों से छुटकारा पा सकते हैं तथा मनचाही शारीरिक अवस्था प्राप्त कर सकते हैं। बालों को समय से पहले सफ़ेद होने से रोका जा सकता है तथा काफ़ी अभ्यास द्वारा सफ़ेद बालों को काला बनाने में सफलता प्राप्त की जा सकती है।

यदि हम ब्यूटी पार्लर जाने की जगह मन की शक्ति द्वारा अपने शरीर को स्वस्थ बनाकर शारीरिक सौन्दर्य का विकास करें, तो अधिक अच्छा है तथा स्थायी उपचार है। शारीरिक सौन्दर्य में कमी या ह्रास का प्रमुख कारण शारीरिक या मानसिक बीमारियां ही तो हैं और इन बीमारियों का कारण है मन में समाए ग़लत विचार।

मन में व्याप्त क्रोध, अवसाद, चिन्ता, आशंका, डर या फोबिया, निराशा, विषाद, खिन्नता, राग-द्वेष, ईर्ष्या तथा घृणा, सुस्ती तथा जड़ता, तनाव, कुंठा, आत्मग्लानि तथा आत्मविश्वास की कमी, आत्महीनता की भावना आदि नकारात्मक मनोभावों या विचारों को मन से निकालकर सकारात्मक विचार या भाव मन में स्थापित कर हम शारीरिक और मानसिक रूप से स्वस्थ हो सकेंगे। मन की शक्ति द्वारा शान्ति, शारीरिक शक्ति और सम्पन्नता – सभी कुछ सम्भव है।

मन की शक्ति से चिरयुवा बने रहना

'भारतरत्न से सम्मानित डॉ. मोक्षगुंडम विश्वेश्वरैया ने सौ वर्ष से अधिक की आयु पाई और आख़ीर तक सक्रिय जीवन व्यतीत किया। एक बार एक व्यक्ति ने उनसे पूछा, "आपके चिर यौवन का रहस्य क्या है?" डॉ. विश्वेश्वरैया ने उत्तर दिया, "जब बुढ़ापा मेरा दरवाज़ा खटखटाता है, तो मैं भीतर से जवाब देता हूं कि विश्वेश्वरैया घर पर नहीं है और वह निराश होकर लौट जाता है। बुढ़ापे से मेरी मुलाक़ात ही नहीं हो पाती, तो वह मुझ पर हावी कैसे हो सकता है?"

जैसा मन वैसा तन। जब कोई बूढ़ा न होने की ठान लेता है, तो वह बहुत समय तक युवा बना रहता है और अन्त तक सक्रिय व समर्थ भी। कई लोग होते हैं, जो पचास साल की आयु के बाद अक्सर कहते सुने जाते हैं कि अब तो हम बुड्ढे हो गए हैं।

दूसरी ओर कई ऐसे लोग भी हैं, जिन्हें सत्तर वर्ष की उम्र में बुड्ढा कह दिया जाए, तो जवाब मिलेगा, "बुड्ढा होगा तेरा बाप" और खिलखिलाकर हंस पड़ेंगे। वस्तुतः मनुष्य उतना ही बूढ़ा है, जितना वह अनुभव करता है। बुढ़ापा तन का नहीं मन का होता है। मन जवां तो तन जवां। जब भी बुढ़ापा दर पे दस्तक दे, तो डॉ. विश्वेश्वरैया की तरह जवाब तैयार रखें या हफ़ीज़ 'जालन्धरी' की यह नज़्म गुनगुनाना शुरू कर दें:

अभी तो मैं जवान हूं!

हवा भी ख़ुशगवार है
गुलों पे भी निखार है
तरन्नुम हज़ार है
बहार पुरबहार है

कहां चला है साक़िया
इधर तो लौट इधर तो आ
अरे ये देखता है क्या
उठा सुबू, सुबू उठा

सुबू उठा, प्याला भर,
प्याला भर के दे इधर
चमन की सिम्त कर नज़र
समां तो देख बेख़बर

वो काली-काली बदलियां
उफ़क़ पे हो गईं अयां
वो इक हुजूमे-मैकशां
है सू-ए-मैकदा रवां

यह क्या गुमां है बदगुमां
समझ न मुझको नातुवां

ख़याले-जुहद अभी कहां
अभी तो मैं जवान हूं।

चार-पांच वर्ष पूर्व एक सौन्दर्य प्रसाधन बनानेवाली कम्पनी ने एक हमेशा युवा बने रहनेवाली क्रीम बाज़ार में उतारी थी, लेकिन वह क्रीम कोई करिश्मा न कर सकी और बुरी तरह पिट गई। क्रीम लगाने से बुढ़ापा नहीं रुकता और न ही बालों के रंगने से। बुढ़ापा रोका जा सकता है, तो केवल आयु के प्रति मन के भावों को परिवर्तित करके।

दीपक चोपड़ा कहते हैं, "बढ़ती उम्र के अहसास को परिवर्तित करके; विषाक्त मनोभावों तथा आदतों से छुटकारा पाकर; जीवन में सक्रियता या क्रियाशीलता बनाए रखकर; जीवन में लचीला होने की विधि सीखकर तथा अपने जीवन में प्रेम को अत्यधिक महत्त्वपूर्ण तत्त्व बनाकर हम हमेशा युवा बने रह सकते हैं।"

बुढ़ापे से बचने तथा चिरयुवा बने रहने के लिए निम्नलिखित स्वीकारोक्तियां करें अर्थात आत्म-सुझाव दें:

1. गैं एकदग युवा हूं और मेरा स्वास्थ्य बहुत अच्छा है।
2. प्रतिदिन हर तरह से मैं अधिक-से-अधिक स्वस्थ हो रहा हूं।
3. निडर होकर मैं बहुत सक्रिय, साहसी तथा अनुशासित जीवन व्यतीत कर रहा हूं।
4. मेरी प्रकृति में लचीलापन है तथा मैं जीवन में परिवर्तनों तथा चुनौतियों को स्वीकार करता हूं।
5. मैं आत्मविश्वास तथा उत्साह से परिपूर्ण हूं।

6. मैं विषाक्त मनोभावों तथा आदतों से मुक्त हूं।
7. नकारात्मक विचारों तथा नकारात्मक सुझावों का मेरे ऊपर तथा मेरे मन के किसी भी स्तर पर कोई प्रभाव नहीं पड़ता।
8. प्रेम, दया तथा देखभाल मेरे जीवन के महत्त्वपूर्ण तत्त्व हैं।
9. जीवन मेरे लिए एक अमूल्य उपहार है तथा मैं पूरी सजगता के साथ जीवन का आनन्द उठता हूं।

मन की शक्ति द्वारा लक्ष्य प्राप्ति

उद्देश्य में मनचाही सफलता पाने के लिए या लक्ष्य प्राप्ति के लिए डायरी लिखना भी एक महत्त्वपूर्ण तरीक़ा है।

डायरी लिखना या प्लानर तैयार करना एक उपचार पद्धति ही है। जब हम दैनिक, साप्ताहिक, मासिक या अन्य अवधि-विशेष में सम्पन्न किए जानेवाले कार्यक्रमों को लिख लेते हैं, तो लिखने के साथ-साथ ही इसकी प्रोग्रामिंग हमारे मन द्वारा हमारे मस्तिष्क में हो जाती है और डायरी में लिखे काम हमें बिना डायरी देखे भी अक्सर उचित समय पर आभासित हो जाते हैं। यह एक प्रकार की स्वीकारोक्ति ही तो है, जो हमने काग़ज़ पर लिख ली है।

इसी प्रकार हम अपना निर्धारित लक्ष्य प्राप्त करने के लिए भी मन की शक्ति का ही तो सहारा लेते हैं। अनेक विधियों द्वारा हम अपने मन में एक बात बैठा लेते हैं कि अमुक लक्ष्य हमें अमुक समय में प्राप्त करना है। यह एक प्रकार की स्वीकारोक्ति ही तो है। यह दो प्रकार की हो सकती है: मौखिक और लिखित।

मौखिक स्वीकारोक्ति

मौखिक स्वीकारोक्ति में हम अपनी आकांक्षाओं और इच्छाओं के एल्फा लेवल में जाकर मानसिक पुनरावृत्ति करते हैं या मनचाही घटना को मन में स्पष्ट रूप से देखते हैं। यदि प्रेक्षा-ध्यान की बात करें, तो यहां मनन-चिन्तन का ही अभ्यास है।

लिखित स्वीकारोक्ति

लिखित स्वीकारोक्ति में हम अपनी आकांक्षाओं, इच्छाओं या ज़रूरी कामों का लेखा-जोखा काग़ज़ पर उतार लेते हैं। लेकिन यह तभी प्रभावशाली होता है, जब यह लगातार हमारे मन और मस्तिष्क पर प्रहार करते रहे।

इस विधि की प्रमुख बातें और क्रम इस प्रकार से हैं:

1. सबसे पहले लक्ष्य को निर्धारित कर लें और काग़ज़ पर लिखकर अपने पास रख लें या डायरी में लिख लें। अगर आप अपनी डायरी में प्रतिदिन सिर्फ़ इतना लिख लें: "मैं बहुत प्रसन्न हूं" या "मैं पूरी तरह स्वस्थ हूं" तो आप सचमुच ऐसे ही हो जाएंगे।

2. लक्ष्य-पूर्ति के लिए एक समय-सीमा ज़रूर निश्चित कर लें। यह सीमा कुछ घंटे, दिन, सप्ताह या महीने हो सकती है। जैसा लक्ष्य वैसी समय-सीमा लेकिन व्यक्तिगत लक्ष्य-पूर्ति के लिए किसी भी स्थिति में यह सीमा अक्सर दो साल से अधिक नहीं होनी चाहिए।

3. आपका लक्ष्य लगातार आपकी आंखों के सामने आता रहे, इसके लिए ज़रूरी है कि आप अपने लिखे हुए काग़ज़ को अपने पास रखें या फिर अपने निर्धारित लक्ष्य को काग़ज़ पर लिखकर एक जैसी कई प्रतियां तैयार कर लें और उनको घर या काम करने के स्थान पर इतनी ऊंचाई पर चिपका दें, जिससे वे आपको बार-बार दिखलाई पड़े।

लिखाई साफ़ और मोटी होनी चाहिए, ताकि दूर से भी आसानी से पढ़ा जा सके। काग़ज़ यदि सुन्दर और रंगीन है तथा रंगीन अक्षरों में लिखा है, तो उसके असर करने की क्षमता कई गुना बढ़ जाती है। जितनी बार आप इन्हें देखेंगे, मन में ज़रूर दोहराएंगे और आपका काम अर्थात मनचाहे लक्ष्य की प्राप्ति का रास्ता सरल हो जाएगा। जब लक्ष्य आपके सामने है और उसे प्राप्त करने के लिए आप कृत-संकल्प हैं, तो प्रयास भी ज़रूर करेंगे।

रख–रखाव: एक बेहतर उपचार पद्धति

उर्दू शायर निदा फ़ाज़ली साहिब का एक शे'र है:

अपना ग़म लेके कहीं और न जाया जाए
घर में बिखरी हुई चीज़ों को सजाया जाए।

जी हां, बिखरी हुई चीज़ों को सजाना-संवारना बेहद ज़रूरी है, क्योंकि बिखरी हुई चीजों को सजाना-संवारना एक सम्पूर्ण उपचार पद्धति है।

विशेषज्ञों का कहना है कि यदि आपके काम करने के स्थान पर या घर पर चीज़ें अस्त-व्यस्त या बेतरतीब पड़ी हैं, तो उन्हें व्यवस्थित कीजिए; उन्हें सही तरीक़े से रखिए। इससे आपके मन के अन्दर भी कोई चीज़ सही हो जाएगी। वास्तव में आपके काम की जगह तथा घर की स्थिति का आपके मन पर गहरा असर होता है। बिखरी हुई चीज़ें या अव्यवस्था आपके मन द्वारा आपके व्यक्तित्व में बिखराव पैदा कर देती हैं।

जब आप बार-बार अपने आस-पास के वातावरण में अव्यवस्था तथा बिखराव देखते हैं, तो अन्दर ही अन्दर एक संवाद चलता है, "सब-कुछ कितना बेतरतीब कितना अस्त-व्यस्त है।" यह संवाद आपके मन में अंकित हो जाता है; आपके मस्तिष्क की इसके लिए कंडीशनिंग हो जाती है और आपके मस्तिष्क की कोशिकाएं इसी दिशा में सक्रिय होकर आपके शरीर को प्रभावित कर आपके परिवेश के अनुसार ही आपका व्यक्तित्व बना देती हैं।

मेज़ पर या कभी-कभी टीवी पर भी यदि कंघी, जूते साफ़ करने का ब्रश, चाबियां, पेन, घड़ियां, पैसे, दवाएं, टूटे बटन, पुराने अख़बार तथा उन्हीं के बीच बिजली-पानी तथा टेलीफ़ोन के बिल, रुमाल, पिघली चॉकलेट, भुजिया का पैकेट आदि सब एक साथ पड़े हैं और उन्हीं के ऊपर पड़ा है टेलीफ़ोन तो यह किसका परिचायक है?

पुराने अख़बार, पत्रिकाएं, न पहनने योग्य पुराने कपड़े तथा जूते, बाबा आदम के ज़माने का ट्यूबोंवाला टूटा-फूटा रेडियो, पुराने रिकॉर्ड, गत्ते के डिब्बे, टूटे-फूटे पात्र, टूटे मिट्टी के गमले, जंग लगे टॉर्च – आख़िर क्यों आपने अपने मन पर बोझ बना रखे हैं? इस बोझ से छुटकारा पाइए। मन के बोझ को हल्का कीजिए और स्वस्थ रहिए।

अजीब संयोग है। ये लाइनें लिखने के बाद बिजली चली जाती है, घुप अंधेरा हो गया है, लेकिन मुझे पता है टॉर्च कहां रखी है, हाथ बढ़ाकर टॉर्च उठाता हूं और प्रकाश की उचित व्यवस्था कर अपना काम जारी रखता हूं। कोई परेशानी नहीं, तनाव नहीं, दुविधा नहीं।

उपयोगी चीज़ों को उनके उचित स्थान पर रखिए अन्यथा वे उपयोगी नहीं रहेंगी। बिजली चले जाने की दशा में यदि टॉर्च और मोमबत्तियां या प्रकाश की व्यवस्था के अन्य वैकल्पिक उपकरण नहीं मिलते, तो वे उपयोगी कहां हैं?

काम में न आनेवाली चीज़ों को अलविदा कह दीजिए। बेकार की चीज़ों को कबाड़ी को बेच दीजिए, कुछ पैसे भी मिल जाएंगे, नहीं तो ये चीज़ें आपके मन को कबाड़ख़ाना बना देंगी। कबाड़ी नहीं मिलता, तो कूड़े में फिंकवा दीजिए, चाहे इसके लिए मज़दूरी ही क्यों न देनी पड़े। मन को कबाड़ख़ाना बनने से रोकने के लिए यह सौदा सस्ता है।

सोचकर देखिए, जो चीज़ पिछले पांच या दस सालों में एक बार भी इस्तेमाल नहीं हुई, क्या वह कबाड़ नहीं है? क्या भविष्य में उसके इस्तेमाल की सम्भावना है?

सम्भव है कि आपके बच्चे आपके इस मूर्खतापूर्ण काम के लिए आपका मज़ाक़ उडाएं। बेकार की काम में न आनेवाली वस्तुओं से मुक्ति पाने के बाद उपयोगी वस्तुओं को व्यवस्थित कीजिए, यथा-स्थान रखिए।

किताबों को किताबों के निश्चित स्थान पर, पेन-पेंसिलों को क़लमदान में, जूते-चप्पल शू-रैक पर, ज़रूरी कागज़ात उचित फ़ाइलों में ... सूची बहुत लम्बी है, लेकिन समाधान छोटा-सा। चीज़ों को यथा-स्थान करीने से रखिए; सही तरीक़े से रखिए। इससे आपके अन्दर; आपके मन में भी कोई चीज़ संवर जाएगी और आपके व्यक्तित्व में एक सुसंगतता यानी लय पैदा हो जाएगी।

वास्तुशास्त्र का महत्त्व इसीलिए तो है कि वह हमें बताता है कि कौन-सी वस्तु कहां रखें तथा वह स्थान घर में या कार्यालय में कहां हो। कौन से काम घर के अन्दर किए जाएं तथा कौन-से घर से बाहर। किन वस्तुओं को सिर से ऊंचे स्थान पर रखें तथा किन को नीचे या घर के बाहरी उपेक्षित स्थानों पर। यह पूरी तरह एक वैज्ञानिक पद्धति है, इसकी सहायता लीजिए तथा चीज़ों को सही स्थान पर रखकर अपने व्यक्तित्व को विकसित कीजिए तथा आरोग्य प्राप्त कीजिए।

जब घर तथा दफ़्तर आदि में वस्तुएं व्यवस्थित होंगी, तो हमें जीवन में बहुत सुविधा हो जाएगी। चीज़ें यथा-स्थान होंगी, तो आसानी से उपलब्ध भी होंगी। उनको खोजने में समय का अपव्यय नहीं होगा, इसलिए झुंझलाहट तथा खीझ से बचेंगे; तनाव समाप्त हो जाएगा। वस्तुओं को सजी-संवरी तथा यथा-स्थान देखते ही मन में एक सन्तुष्टि एक ख़ुशी की लहर दौड़ जाएगी।

आशंका, डर, चिन्ता, क्रोध, तनाव, उदासी, खिन्नता, ग्लानि, विषाद, कुंठा, सुस्ती आदि निराशाजनक स्थितियों की अपेक्षा चुस्ती-फुर्ती, उत्साह, खुशी, विश्वास, प्रेम, करुणा, सहयोग, खुलापन, एकाग्रता, सुसंगतता, आराम आदि आशावादी स्थितियां उत्पन्न होंगी। प्रसन्नता की स्थिति में मन में सकारात्मक विचार उत्पन्न होते हैं, इससे शरीर में एंडोर्फिन (**Endorphin**)

जैसे रसायन उत्पन्न होते हैं, जो आपको प्रसन्नता प्रदान करते रहते हैं और ख़ुश रखते हैं। यह स्वास्थ्य तथा आरोग्य की कुंजी है।

इन हार्मोनों के मोलिक्यूल्स पूरे शरीर की अरबों-खरबों कोशिकाओं के साथ एक संवाद करते हैं तथा उन्हें उत्साह प्रदान करते हैं। बदले में यह सारी प्रक्रिया आपको रोग-प्रतिरोधक क्षमता प्रदान करती है तथा वर्तमान बीमारियों से मुक्त भी कराती है। इस प्रकार हमारी जीवन-शैली का हमारे स्वास्थ्य से सीधा गहरा सम्बन्ध है।

आधुनिक शोधों के अनुसार आशावादी व्यक्ति के मस्तिष्क में एंडोर्फिन नामक हार्मोन अधिक पाया जाता है। शान्ति की मनःस्थिति में न्यूरोपैप्टाइड नामक हार्मोन में वृद्धि होती है, जिससे हम प्राकृतिक एवं मानसिक सुख-शान्ति का अनुभव करते हैं।

तनाववाले विचार रोग-प्रतिरोधक शक्ति कम करते हैं, इसलिए तनाव पैदा करनेवाले विचारों, स्थितियों तथा परिवेश से बचिए, उन्हें अनुकूल बनाइए।

बिगड़े हुए काम संवारने, बिगड़ी हुई चीजें ठीक कराने तथा बिगड़े हुए सम्बन्ध सुधारने से भी मन के अन्दर कुछ संवर जाता है। इसलिए प्रसन्न होकर स्वस्थ रहने के लिए संवारने-सुधारने की प्रक्रिया को कभी ना मत कहिए।

कई बार देखने में आता है कि कई बच्चे पढ़ाई में पिछड़ जाते हैं या परीक्षा में फेल हो जाते हैं। इसका कारण भी होता है चीज़ों को सही तरीक़े से न रखना अर्थात सभी विषयों तथा उप-विषयों का व्यवस्थित अध्ययन न करना। जब उन्हें इसका आभास हो जाता है, तो वे सही तरीक़े से काम करते हैं और सफलता प्राप्त करते हैं। कई बार तो अप्रत्याशित सफलता प्राप्त करते हैं और यहीं से उनका वास्तविक कैरियर बनना शुरू हो जाता है।

इससे दोनों चीज़ें सिद्ध हो जाती हैं। एक तो चीज़ों को सही रखने की कला द्वारा सफलता प्राप्त करना तथा दूसरे बिगड़ा काम संवारकर सफलता

और स्वास्थ्य प्राप्त करना। सफलता की ख़ुशी से वे अधिक स्वस्थ भी हो जाते हैं। अधिक स्वस्थ होंगे, तो आगे और अधिक अध्ययन कर सकेंगे, ज़्यादा सफलता प्राप्त करेंगे, अधिक ख़ुशी प्राप्त होगी और स्वास्थ्य में असाधारण सकारात्मक परिवर्तन होगा।

आरोग्य, अच्छा स्वास्थ्य तथा अच्छा कैरियर – इससे बढ़कर और क्या सफलता हो सकती है? वास्तुशास्त्र और फ़ेंग शुई वास्तव में मन द्वारा उपचार की ही विधियां हैं।

मन की शक्ति द्वारा एकाग्रता की प्राप्ति

अध्ययन और काम में मन लगे इसके लिए ज़रूरी है कि आप एकाग्रता प्राप्त करने का प्रयास करें और इसके लिए प्रतिदिन अध्ययन, लेखन या अन्य कोई भी रचनात्मक काम शुरू करने से पहले कुछ बातों पर ध्यान दें।

अपनी पढ़ने या लिखने की मेज़ के सामने दीवार पर या कमरे में अन्यत्र कहीं भी सुविधानुसार देवी सरस्वती का चित्र लगाएं। चित्र यदि नहीं है, तो भी कोई बात नहीं, क्योंकि चित्र आपके मन में है जहां आप जब चाहें देख सकते हैं।

सबसे पहले आराम से ज़मीन पर या कुर्सी पर बैठकर धीरे-धीरे आंखें बन्द कर लें। कमर और गर्दन सीधी कर लें। शरीर को तनाव-मुक्त करने के लिए गहरी सांसें लें और छोड़ दें। ख़ूब गहरी सांस अन्दर खींचें तथा थोड़ी देर रोककर पूरी तरह बाहर निकाल दें। बाहर भी सांस को थोड़ी देर रोकें। फिर पुनः गहरी सांस अन्दर खींचें। पांच-सात गहरी सांसें लेने के बाद श्वास प्रक्रिया को सामान्य रूप में आने दें। इस प्रकार शरीर को शान्त कर मन से जोड़ लें।

उसके बाद मन में गणपति को याद कर मन-ही-मन मन्त्र "ॐ गणं गणपत्यै नमः" का उच्चारण करें। सम्भव हो तो निम्न श्लोक भी दोहराएं:

विद्यादाता गणाधीश सूर्य कोटि सम प्रभ।
निर्विघ्नं कुरु मे देव सर्व कामर्हषु सर्वदा ॥

शुरू में यदि मन्त्र या श्लोक याद नहीं है, तो कोई बात नहीं। मन में ध्यान कर नमस्कार करें। उसके बाद चित्र को श्रद्धापूर्वक देखते हुए प्रणाम करें तथा पुनः आंखें बन्द करके मन-ही-मन निम्न मन्त्र का उच्चारण करें:

ॐ ऐं सरस्वत्यै नमः

मन्त्र के बाद निम्न श्लोक दोहराएं:

सरस्वति नमस्तुभ्यं वरदे कामरूपिणि।
विद्यारम्भं करिष्यामि सिद्धिर्भवतु मे सदा ॥

यदि आपके अन्य महत्त्वपूर्ण इष्ट देव हैं, तो मन में उनको भी ज़रूर याद करें। प्रार्थना के बाद निम्नलिखित स्वीकारोक्तियां मन-ही-मन कई बार दोहराएं:

1. मैं प्रतिदिन हर तरह से बेहतर हो रहा हूं।

2. मैं प्रतिदिन हर तरह से अधिक-से-अधिक मज़बूत, शक्तिशाली तथा आत्मविश्वास से परिपूर्ण हो रहा हूं और यह सब सहज-स्वाभाविक रूप से हो रहा है।

3. मैं एक विजेता हूं और मैं यह जानता हूं। मैं अपने अध्ययन/लेखन के लिए जो कुछ भी कर रहा हूं, उसमें सफलता प्राप्त कर रहा हूं। सफलता पर मेरा अधिकार है।

इसके बाद अपना अध्ययन या लेखन का काम शुरू करें। शुरू में थोड़ा समय लगेगा, लेकिन लगातार अभ्यास करते-करते इस क्रिया में समय भी कम लगेगा तथा प्रयास भी थोड़ा करना पड़ेगा। उसके बाद प्रार्थना या स्वीकारोक्तियों की सिर्फ़ मानसिक अनुभूति भी आपको ध्यान लगाने में सहायक होगी।

शुरू में आंखें बन्द करके मन्त्र या श्लोक बोलने में तथा स्वीकारोक्तियां दोहराने में कुछ कठिनाई हो सकती है, इसलिए शुरू में मन्त्र, श्लोक तथा स्वीकारोक्तियां काग़ज़ पर साफ़-साफ़ लिखकर रख लें और देखकर पढ़े। दिन में एकाध बार वैसे ही दोहरा लें। धीरे-धीरे यह पूरी विधि आपको याद हो जाएगी।

जैसे-जैसे यह आपको याद होती जाएगी, आपकी एकाग्रता तथा अध्ययन, लेखन व अन्य रचनात्मक काम करने की शक्ति व क्षमता बढ़ती चली जाएगी और जैसे ही आपकी एकाग्रता का विकास होगा उपरोक्त विधि उसी अनुपात में आपको शीघ्र ही कंठस्थ हो जाएगी।

वैसे अध्ययन, लेखन, संगीत तथा अन्य रचनात्मक क्रियाएं ध्यान के ही रूप हैं तथा जब हम पूरे मन से इन क्रियाओं में जुटे होते हैं, तो ध्यान के लाभ भी हमें ख़ुद-ब-ख़ुद प्राप्त होने लग जाते हैं। ध्यान से काम करने में सफलता तथा सफलता से काम सम्पन्न होने पर ध्यान के लाभ प्राप्त करने की दिशा में अग्रसर हों। उपरोक्त विधि से इस प्रक्रिया को शुरू करने में बहुत सहायता मिलती है तथा हम न केवल अध्ययन, लेखन या कला तथा अन्य क्षेत्रों में आशातीत सफलता प्राप्त करते हैं, बल्कि शारीरिक तथा मानसिक आरोग्य भी सहज-स्वाभाविक रूप में हमें प्राप्त हो जाता है। आम के आम और गुठलियों के दाम। विशेषज्ञों का निष्कर्ष है कि जब भी हम किसी काम में सफलता प्राप्त करते हैं, तो हमारा स्वास्थ्य भी और अच्छा हो जाता है।

ज़्यादा सोच-विचार या विश्लेषण मत कीजिए। अभी, इसी समय उठाइए काग़ज़-क़लम और तैयार कर लीजिए मनचाही सामग्री। मोटा काग़ज़ (चार्ट पेपर) तथा रंगीन पेन-पेंसिलें हों, तो क्या कहने! जीवन में अनोखा रंग भर जाएगा। तो आप शुरू करें आज ही इसी समय। हमारी शुभकामनाएं आपके साथ हैं।

घरों, विद्यालयों या अन्य शिक्षण संस्थानों में विद्यार्थियों को नैतिकता

पर अक्सर लम्बे-लम्बे भाषण पिलाए जाते हैं, जिन्हें विद्यार्थी या तो सुनते ही नहीं या एक कान से सुनकर दूसरे से निकाल देते हैं। दीवारें सूक्तियों से पटी पड़ी होती हैं, जिनका कम असर ही पढ़नेवालों पर पड़ता है। अक्सर लिखा होता है, "सदा सत्य बोलो"। लेकिन पढ़नेवाला जब तक इस वाक्य को स्वीकार नहीं करेगा कि मुझे सच बोलना है, तब तक बात नहीं बनेगी। इस वाक्य की भावना को आत्मसात करने के लिए आवश्यक है कि इसकी स्वीकारोक्ति की जाए, जो इस प्रकार होगी: "मैं सदा सत्य बोलता हूं।" विद्यार्थी अनुशासनप्रिय, अध्यवसायी तथा नैतिक गुणों से सम्पन्न हों, इसके लिए निम्नलिखित स्वीकारोक्तियां करें या करवाएं:

* मैं एक आदर्श विद्यार्थी हूं, जिस पर मेरे विद्यालय को गर्व है।
* मैं स्वयं अनुशासन में रहता हूं तथा अन्य सभी को अनुशासन में रहने के लिए प्रेरित करता हूं।
* मैं अपने समय का हमेशा सदुपयोग करता हूं तथा रचनात्मक तथा उत्पादक कामों में व्यस्त रहता हूं।
* मैं अपने शिक्षकों, माता-पिता तथा सभी बड़ों का सम्मान करता हूं।
* इस विद्यालय का सर्वस्व मेरा अपना है और मैं इस सबकी सुरक्षा तथा देखभाल अपनी स्वयं की वस्तुओं की तरह करता हूं।

समय पर सोना और उठना

नियमित रूप से समय पर सोने और उठने के लिए मन द्वारा मस्तिष्क की प्रोग्रामिंग करके हम अपनी दिनचर्या को नियमित कर सकते हैं तथा स्वस्थ बने रह सकते हैं। यदि किसी कारण दिनचर्या में परिवर्तन करना हो, तो वह भी इस विधि से आसानी से किया जा सकता है। यदि किसी दिन सुबह थोड़ा जल्दी उठना है, तो रात को सोते समय मनचाहे समय पर उठने की प्रोग्रामिंग

की जा सकती है। इसी प्रकार दैनिक जीवन के अन्य विभिन्न क्रिया-कलापों को मन द्वारा नियन्त्रित कर दिनयर्चा को व्यवस्थित तथा आरामदायक बनाया जा सकता है।

आदतों में सुधार या मनचाहा परिवर्तन किया जा सकता है तथा स्वास्थ्य सम्बन्धी नियमों का कड़ाई से पालन किया जा सकता है।

फ़रवरी 2000 की बात है। मैं पूना में था और मुझे दिल्ली आने के लिए सुबह चार बजे ट्रेन लेनी थी, इसलिए एक घंटा पहले घर छोड़ना था। मैं इस बात को लेकर थोड़ा परेशान था कि चार बजे गाड़ी में चढ़ने के बाद शीघ्र ही दो-तीन घंटे के अन्तराल से मुझे शौच के लिए जाना पड़ेगा।

मैंने इसके लिए शाम को ही मनचाही प्रोग्रामिंग कर ली कि रात को सोना ही नहीं है तथा घर से निकलने से ठीक पहले शौचादि से फ़ारिंग होना है। सही समय पर अर्थात जाने से ठीक पहले लगभग ढाई बजे पेट में हलचल हुई और मैं परेशानी से मुक्त होकर अपने गन्तव्य की ओर चल पड़ा।

हमारी एक नन्ही रिश्तेदार है श्वेता। श्वेता कहती है, "जब मुझे आलस्य आता है और काम करने का मन नहीं होता, तो मैं अपने मन से कहती हूं कि 'मन, मन, उठ! काम कर' और अपने काम में लग जाती हूं।" मैं भी आलस्य के दौरान यही करता हूं।

आप भी करके देखिए। यदि आपको किसी दिन सुबह थोड़ा जल्दी उठना है, तो निम्नलिखित स्वीकारोक्ति दोहराइए:

* आज मुझे सुबह चार बजे (या अन्य कोई भी समय) उठना है।

यदि आप देर से सोते और उठते हैं, लेकिन अपनी दिनचर्या में परिवर्तन करना चाहते हैं, तो भी इसी प्रकार की स्वीकारोक्तियां की जा सकती हैं। अच्छे स्वास्थ्य और नियमित दिनचर्या के लिए निम्नलिखित स्वीकारोक्तियों

से लाभ प्राप्त कर सकते हैं।

* मैं प्रतिदिन रात को जल्दी सोता हूं और सुबह जल्दी उठता हूं।

* सुबह जल्दी उठकर मैं सैर के लिए जाता हूं और जोगिंग करता हूं।

* मैं प्रतिदिन स्वीमिंग करता हूं।

* मैं नियमित रूप से टेनिस (या अन्य कोई भी खेल) खेलता हूं।

* मैं प्रतिदिन जिम जाता हूं और नियमित रूप से कसरत करता हूं।

* मैं प्रतिदिन समय पर अपने कार्यालय/काम करने के स्थान पर जाता हूं।

* मैं प्रतिदिन अपने सभी काम समय पर पूरा करता हूं।

* मेरा स्वास्थ्य बहुत अच्छा है और लगातार और अच्छा हो रहा है।

मन द्वारा किनका उपचार

मन द्वारा उपचार में किसी भी व्यक्ति, पशु-पक्षी, पेड़-पौधों, स्थितियों तथा समस्याओं का उपचार सम्भव है।

व्यक्ति का उपचार

मन द्वारा किसी भी स्त्री या पुरुष की शारीरिक बीमारियों या अन्य समस्याओं का उपचार किया जा सकता है। इस पद्धति द्वारा व्यक्ति न केवल स्वयं का उपचार कर सकता है, बल्कि दूसरों का उपचार भी कर सकता है। प्रार्थना भी एक उपचार पद्धति है और प्रार्थना हम स्वयं के लिए भी करते हैं तथा दूसरों के लिए भी। रेकी द्वारा भी हम स्वयं का उपचार (Self Healing) करने के साथ-साथ दूसरों का उपचार (Others' Healing) भी कर सकते हैं। यहां एक विशेष बात यह है कि जब हम दूसरों का उपचार करते हैं, तो खुद भी लाभान्वित होते ही हैं।

दूसरे व्यक्ति का उपचार करने के लिए उसको बताना ज़रूरी नहीं है कि उसका उपचार किया जा रहा है। यह उपचार उसको बिना बताए या बताकर भी आसानी से किया जा सकता है और यह सैकड़ों-हज़ारों मील दूर बैठकर ही नहीं लाखों मील की दूरी से भी उसी प्रकार किया जा सकता है, जैसे आमने-सामने बैठकर।

रेकी जैसी विधियों में जब हाथों से छूकर यह उपचार किया जाता है, तो इसे स्पर्श चिकित्सा कहते हैं, लेकिन स्पर्श के बिना भी यह उपचार सम्भव है और बिना स्पर्श दूर बैठकर यह उपचार दूरस्थ चिकित्सा कहलाता है।

पशु–पक्षियों और पेड़–पौधों का उपचार

मन द्वारा उपचार की विधि से हम न केवल अपना और दूसरे व्यक्तियों का उपचार कर सकते हैं, बल्कि पशु-पक्षियों और पेड़-पौधों का उपचार भी कर सकते हैं।

एक समय था, जब जंगलों में रहनेवाले ऋषि-मुनि सिंह जैसे हिंस्र जन्तुओं को अपने वश में कर पालतू पशुओं की तरह रखते थे और यह सब मन की उपचारक शक्ति द्वारा ही सम्भव था। प्रकृति मनुष्य के मन को प्रभावित कर उसे आरोग्य प्रदान करती है, तो मनुष्य भी अपने मन की शक्ति द्वारा उसे प्रभावित करता है।

बाग़वानी, फूलों के पौधे लगाना या पशु-पक्षियों को पालना – ये सब उपचारक पद्धतियां हैं, जो मनुष्य के मन को प्रभावित कर उसे आरोग्य प्रदान करती हैं, लेकिन मनुष्य भी अपने मन की उपचारक शक्ति द्वारा पशु-पक्षियों का उपचार कर सकता है; पेड़-पौधों और वनस्पतियों को अधिक स्वस्थ, पोषक और आकर्षक बना सकता है। बीमार पशु-पक्षी या मुर्झाए पौधे को स्वस्थ किया जा सकता है।

जड़ वस्तुओं का उपचार

मन की शक्ति द्वारा हम सजीव या चेतन जगत के साथ-साथ निर्जीव या जड़ वस्तुओं को भी प्रभावित कर सकते हैं। इजराइल के यूरी गेलर अपने मन की शक्ति द्वारा दूर रखे स्टील के चम्मच को मोड़ने में सफल हो गए।

मन की शक्ति द्वारा हम विभिन्न प्रकार के यन्त्रों और मशीनों को ठीक

कर सकते हैं। इसका एक अर्थ यह भी है कि हम मन की शक्ति द्वारा अन्तर्दृष्टि या छठी इन्द्रिय का विकास कर स्थितियों का सही अवलोकन या निदान कर मनचाहा उपचार करा सकते हैं। आपकी गाड़ी चलते-चलते रुक जाती है, तो आप गाड़ी के रुकने के कारण का पता लगाकर गड़बड़ी को फ़ौरन ठीक कर सकते हैं या करा सकते हैं।

जिन जड़ वस्तुओं या उपकरणों को आप ध्यान से रखते हैं और उनकी उचित देखभाल करते हैं, वे वस्तुएं या उपकरण ज़्यादा समय तक आपका साथ निभाते हैं, क्योंकि इन जड़ वस्तुओं को भी आपकी मनोदशा मालूम होती है।

राष्ट्र–विशेष या क्षेत्र–विशेष का उपचार

मन द्वारा राष्ट्र-विशेष या क्षेत्र-विशेष की आर्थिक, सामाजिक, सांस्कृतिक या प्राकृतिक समस्याओं और आपदाओं का उपचार आसानी से किया जा सकता है। जिस प्रकार हमारी व्यक्तिगत समस्याएं हमारी अपनी सोच का परिणाम होती हैं, उसी प्रकार सामूहिक समस्याएं हमारी सामूहिक सोच का ही परिणाम होती हैं।

व्यक्ति अपनी सोच को बदलकर अपनी ख़ुद की समस्याओं से मुक्ति पा सकता है तथा साथ ही अपनी सोच से सामूहिक समस्याओं को भी प्रभावित कर सकता है। यदि बहुत-से लोग कृत-संकल्प हों, तो एक साथ बैठकर अपने मन की शक्ति द्वारा एक ही दिशा में चिन्तन कर सामूहिक समस्या का निदान कर सकते हैं, जैसे: पशुओं की महामारी, अकाल या बाढ़, पर्यावरण प्रदूषण, जातीयता, क्षेत्रीयता या धार्मिकता की कट्टर मानसिकता; राज्यों, क्षेत्रों या राष्ट्रों के बीच वैमनस्य की भावना आदि।

व्यक्तियों, राज्यों तथा राष्ट्रों के बीच सौमनस्य, सहयोग तथा भाईचारे की भावना का विकास मन द्वारा उपचारित पद्धति से अधिक-से-अधिक कारगर हो सकता है।

अकाल या महामारी के दौरान हमारे यहां सामूहिक यज्ञ आदि की परम्परा सदियों पुरानी है। ये सामूहिक यज्ञ या भोज आदि क्या हैं? वास्तव में इनके माध्यम से पूरे समाज की सोच को संघनित करके एक उद्देश्य-विशेष की प्राप्ति के लिए इसका उपयोग किया जाता है।

कुपोषण तथा मन द्वारा उपचार

'मन द्वारा उपचार' विषय पर एक प्रेज़ेंटेशन के दौरान एक बार एक प्रश्न आया कि जब मन द्वारा उपचार करके हरेक समस्या का समाधान किया जा सकता है, तो क्या देश में कुपोषण के शिकार लाखों लोगों, महिलाओं तथा बच्चों का इस विधि से उपचार किया जा सकता है? सतही तौर पर देखने से तो लगता है कि शायद नहीं, परन्तु ऐसी बात नहीं है।

समस्या को सिलसिलेवार देखें, तो पाते हैं कि इस समस्या का मूल कारण है भोजन या पर्याप्त भोजन या सन्तुलित भोजन न मिलना। यह शारीरिक बीमारी नहीं है तथा इसका सम्बन्ध पीड़ित के मन से भी नहीं है, इसलिए कुपोषण को दूर करने के लिए पर्याप्त उचित सन्तुलित आहार उपलब्ध कराना पहली शर्त है। कुपोषण भी एक महामारी की तरह ही है, इसलिए अकाल, बाढ़, महामारी के लिए सामूहिक अनुष्ठान यज्ञ आदि की तरह कुपोषण के उपचार के लिए भी बड़े पैमाने पर अनुष्ठान द्वारा उपचार की शुरुआत की जा सकती है।

वस्तुतः हर समस्या का मूल कहीं-न-कहीं किसी-न-किसी के मन में व्यक्तिगत रूप से या सामूहिक रूप से निहित होता है और इस विचार-प्रक्रिया को उलट कर, मनचाही दिशा में परिवर्तित करके हर समस्या का समाधान किया जा सकता है।

दोस्तो! आओ, हम सब अपने मन की शक्ति को पहचानें। अपने मन की शक्ति द्वारा उपचार की प्रक्रिया शुरू कर अपना तथा सबका जीवन

सफल सार्थक बनाएं। आओ! अपने प्राचीन ऋषि-मुनियों की तरह हम सब मिलकर सबके कल्याण की मंगलकामना करें:

ॐ सर्वेषां स्वस्तिर्भवतु। सर्वेषां शान्तिर्भवतु।
सर्वेषां पूर्णं भवतु। सर्वेषां मंगलं भवतु ॥

भवतु सब्ब मंगलं
भवतु सब्ब मंगलं
भवतु सब्ब मंगलं
ॐ शान्तिः ॥ शान्तिः ॥ शान्तिः ॥

●●●